U0012072

H
o
n
g

陳冠中

K
o
n
g

什麼都沒有發生

香港回歸中國一週年那天，我午後起床，確定一下自己身在台北，開始了應該沒有什麼發生的一天：沒有要做的事，沒有想做的事，沒有約會，沒有壓力，沒有對自己或他人的承諾。心情，說不上好壞，沒有事情可以影響我的心情，在我悉心安排下，什麼都不會發生在我身上，就算發生什麼，我也不在乎。到了這個境界，我承認是我的一項成就，幾乎用了一生才換回來的自由。晚飯後，我發覺自己被送往醫院，說不定有生命危險。本來，這樣的時刻正好證明我一生的安排是對的，無牽無掛，人不欠我，我不欠人，最合適隨時死亡。可是，白天的時候，我想到一個主意，頗自鳴得意，只需要回香港一次花兩天時間就辦好。可是，現在沒來得及安排就出狀況，那主意卻在我腦中，不肯消失。加上倒在地上的時候，突然想起兩件瑣事（我的七百瓶紅酒和六隻鑲鑽黃金表），我發覺我的人生安排不如自己想像中乾淨，說不上是遺憾，甚至算不上是未了願，只是，本來可以乾乾淨淨的死亡，為了一個不錯的主意，和兩件未處理的瑣事，令意識尚未完全消失的腦海沒有辦法安靜。

我有過兩次接近死亡的經驗。第一次其實不會死，但當時年紀小，在沒有旁

人指導下，我以為我會死。第二次在非洲奈及利亞，是真的會死，那子彈是衝著我的頭而來，還是故意射不中，我永遠不會知道。事情發生太快，死原來可以很突然，也可以很突然知道自己活著，要的是一線之差。兩次的經驗，並沒有讓我學會死亡，我完全被不錯主意和兩件瑣事控制，它們在我快消失的意識中轉來轉去，像一群盯上了我的蒼蠅，繞著我耳朵打圈。

就算像我這樣一個在香港長大、並不算特殊的香港人，也總有些事情，不是三言兩語能說得清楚。好像那個不錯主意和兩件瑣事，要交代得稍有紋路，就得回到十幾年前，甚至更早。若要完全說清楚，那根本不可能。若要找一個時間上的切入點，我會選一九八四年，即中英簽署聯合聲明的一年。那聲明跟我沒有什麼關係，只不過一般人習慣用一些事件來標誌日期。和我有關的是一包黃糖，沖咖啡用的那種。

我同父異母的妹妹寶怡喝的是即沖咖啡，放的是三顆太古白方糖。我記得是八四年夏天，從我身上穿的亞曼尼上裝，應知道我不可能是一個行船的，不過在寶怡小時候，我告訴她我是水手，而我也確實在太古船上待過三年，所以，寶怡

一直以為我之所以經常不在香港，是行船去了。那天我回到家（寶怡和我叫那地方做宿舍），我左手綁了繃帶，滲出乾血跡，看上去聯想到操勞工作如絞鐵鍊之類，一種水手受的傷。我開門進宿舍，寶怡正準備出門，是往啟德機場坐飛機。她在旅行社做導遊，經常帶團外出。她問我從什麼地方回來，我說西非，她點頭說收到我的明信片，現在趕時間馬上要走，這回去埃及。我說，去吧，我自己搞定。她就走了，連我的手傷都沒有過問，一點不囉嗦，硬邦邦，像男孩一樣俐落、乏味。寶怡是香港女孩子的某種典型，我記得自己想過。

我走進自己的房間，把我的古奇手提過夜袋放在床腳，再把同牌子的西裝皮套袋小心的擱在手提袋上。光是兩件名貴行李，已跟陳舊簡陋的房間不配襯。我為什麼還要回到這裡，我應該住進五星酒店去。

寶怡和我從小並不親密，她在我生命中不重要，而我對她的影響，也只有一種可能：我行船的初期，偶然學別人樣，買了一張明信片，不知道寄給誰，突然想起當時仍在念初中的寶怡，就寄了給她。以後每次泊岸，都慣性的寄一張明信片給她，也等於通過她向家人交代了我的行蹤。後來我不再行船，又不想費唇舌

說明我的新工作性質，反正還是到處走，就繼續寄明信片，所剩無幾的家人都以為我還在船上。她們從未回信，或請船公司轉信，這樣的極小化安排，很明顯是恰到好處。只是寶怡卻養成一個習慣，把明信片用鞋盒裝起，整整好幾盒，就放在衣櫃頂。後來寶怡做導遊，有可能是受了明信片的影響，她從未跟我說起，我從未問她。不過，我知道她是真的喜歡旅行，尋幽探祕，拍照留念，而我是不看風景不訪名勝，更沒興趣探險。每到地方，我做我專業的事，賺錢、住五星酒店、享受那邊世界能提供的最好美食、紅酒、女人，一切錢能買到的東西。

父親過世後，我才搬到現在這房間，好像領回自己的失物。我偶然才回香港，欲堅持占著大房，而繼母和寶怡只得擠在另一較小的房間。直到繼母去世，寶怡才有自己的房間。八四年那天我脫掉上裝躺在床上，感到自己占有欲的荒謬，我那時候已經習慣把身邊所有事情安排到不放在心上，卻去留戀一間破房？我決定下次回港，應像去了陌生地一樣，住入五星酒店。我並決定把房子賣掉，與寶怡一人一半分家，從此乾乾淨淨。就那個時候我強烈地想喝好咖啡。我的哥倫比亞咖啡豆粉在手提袋內，過濾壺還在廚房，而正如所料，並沒有晶狀黃糖。

或許我真的太閒，願為了一杯咖啡的完美而奔走。我從加拿芬道轉堪富利士道，走到彌敦道的一家連鎖超級市場。那是個星期一的下午，顧客不多。我走到賣瓶裝即沖咖啡的位置，在貨物架的下方，找到咖啡黃糖。我彎腰去拿的時候，聽到架子的另一邊，一名女子在說話，雖然說的是廣東話，腔調卻不是香港的，一聽就知道是新從廣州來的。她字正腔圓、語調卻平和地說：六點正起床，連忙洗臉漱口，然後去燒水，父親六點半起來就要喝新鮮泡的茶，菲傭起來煮早餐，她就換衣服，六點五十分送小學二年級的姪女上體操特修班，因為學校太近，步行不到十分鐘，所以才要她母親自送去。一個人回來，叫醒另一個念小四的姪子，等他吃早餐，送他去金巴利道坐學校包車。九點陪父母到公園散步，十點送二老回家，再由她負責去菜市場買菜，回來交給菲傭煮中飯，十二點十五分去接姪女回家吃飯，隔日兩點半陪父親去複診，四點半在金巴利道等姪子校車到，順便買新出爐的麵包，回家幫姪子補習到六點，吃晚飯後，全家人看電視，好像沒事幹，但就算躲在房間，家人也會熱心地叫她出去，說：快來看，劇情好精采呀、好緊張呀，一定要她去分享，如果不看，就得找理由，那又會引起關注，她也不

想離群，每天晚上看完歡樂今宵，才與菲傭一起回房，她睡床上，菲傭睡在地上膠墊。既然家有菲傭，也不用洗燙打掃，旁人看起來她沒什麼事做，她也沒辦法三言兩語說清楚每天做什麼，但是一天的時間都給切得一段一段，中間的時間派不上用場，等於沒有了自己的時間，更談不上為自己安排。從廣州到香港後，每天就這樣過。

我聽她的聲音，估計她大概不會太年輕，應三十或以上。從貨架的縫中，我只看到部分的她，雖然穿了寬腰的素色連衣裙，仍可以感到她胸部應該很豐滿，而且是故意用內衣把胸部包得緊緊那種。

另一個女聲加入：你自己找節目嘛，星期六星期天自己去玩嘛。這個女的穿花裙，如果不留神的話幾乎聽不出她有口音，會以為她是在香港長大的。

素裙女說：週末才陰功（糟糕），父親身體不好，全家都自動地陪受罪，很少外出，由白天到晚上都看電視，這一生沒有像來了香港這一年看這麼多電視，再說，我一個人去得邊吁（我一個人能去哪）。

花裙女說：搵我嘛（找我嘛）。素裙女：小姐，重點要解決的不是週末去哪

處玩，而是重新安排生活，不能這樣活下去，他們叫我唔好去打工，嚮屋企幫手，梗係更唔想我再嫁人，留在家中做百搭（叫我不要去打工，留在家幫忙，當然更不想我去嫁人，要我在家中做百搭）。

素裙女說到後來，有點激動。我移過身子，找到貨架的較大空隙，看到那穿花裙的，二十八、九歲的樣子，燙了蓬鬆鬈髮，化了濃妝，胸部平坦，整個人乾乾扁扁的。而素裙女則是直頭髮，沒有化妝。大概剛才激動，花裙女也接不上話，兩人無言對站，素裙女側著頭在收拾情緒。

那花裙女若無其事地把一瓶在架上的指甲油放進裙前口袋，再拿起一支唇膏，看兩眼，又放進口袋。這時候她看到我在看她，瞪著我，我若無其事地走開，等角度好的時候才回頭看那素裙女一眼，樣子只能說是乾乾淨淨，穿的連衫裙長度過時，有點土氣，不過我沒錯，身材算是豐滿，有胸有臀。那花裙女仍瞪著眼，我不予理會，轉頭去付我的黃糖錢。

排隊付錢時，我已注意到一個中年男人，穿白短袖襯衫，打花領帶，站在角落裡，眼睛盯著那兩個女人，我甚至可以聽到那男人粗急的呼吸聲。我預測我自

己的行為，是會去警示那兩個女人，還是會作旁觀者讓她們當場被抓？我發覺無

法預知自己不久以後的行為。我在付款櫃前，假裝選購口香糖，那兩個女人正朝

我方向走來，花裙的那個在前面，留意看可以看出她的腳稍微有點長短，不過她

裝走得滿正常。她們兩個走過我左身邊，並沒有停下來付錢的跡象，而白短袖襯

衫男人已經箭步繞至付款櫃的另一端。我甚至看到他嘴角泛了一下自得的微笑。

我上身如汽車由一波急轉二波，往前疾衝，側身越過那兩女人，拿著糖包的右手

攔在她們前面，剛好在她們還沒越過付款櫃之前。兩女人滿臉不解。那穿白短袖

襯衫的好像守門員作好姿勢去接球，而球卻在他面前被人攫走。我只說：俾錢

（付錢）。

花裙女人反應很快，看了白襯衫一眼，然後把拳頭從裙袋抽出，像生蛋一般

把指甲油和唇膏投在付款櫃上。我沒想過誰付錢的問題，花裙女並沒有表示，我

才明白她沒錢。素裙女也很快領悟，她手裡拿著一個小女生的小零用錢包，打開

一看，從她表情知道錢不多，她問花裙女……多少錢？我不等了，轉問收款員：多

少錢？指一下指甲油、唇膏和黃糖，然後代付了錢。拿著小購物膠袋，三個人一

言不發，走出超市。我沒有再看那穿白襯衫的，他一定很失望。

我把糖包從袋裡拿出來，把袋子交給花裙女，她沒有什麼表示就接過去，好像本來就是她的東西。事情可以這樣終結，我並不覺得剛才的事很光榮，我為什麼救她們，自己也解釋不了，不過如果她們不是女的，不是兩個有點姿色的大陸妹，我大概不會插一把手，雖然，當時我對那兩個女人並沒有特定期望。正要走，素裙女說：唔該晒（謝謝），神情頗誠懇，增加了我對她的好感，但不知如何接下去，莫名其妙說了一句：順手（順便而已）。花裙女終於開口，咁唔差在請我地飲杯咖啡（那不如再請我們去喝咖啡）。我心裡冒起一句英文：我又有何損失？

我決定帶她們去格蘭酒店的咖啡室，不太觸目，也不寒酸。我走在前，她們拉著手跟在後，花裙女不斷挨在素裙女身邊說話，大概在說我。坐下點了咖啡後，花裙女劈頭就問：你做什麼的？

我不想解釋，說：行船。

花裙女大力拍了素裙女一下，好像給她猜對了什麼。當然她不可能猜到行

船，而是在有錢沒錢之間，她猜我是沒錢，在高薪與普通打工之間，她猜我是做普通工作。如果我仍穿著亞曼尼上裝，她想法會不同。她和比她更晚到香港的素裙女，只看到我穿了馬球恤卡其褲，但不可能知道恤和褲是正牌雷夫羅倫，腳上是佐丹的夏天薄底鞋，我的ＩＷＣ白金皮帶手表，在繃了帶的左手腕上，很顯眼，她們可能當成學生鋼表。我不作解釋，問了一句讓她們歸位的問題：你們來了香港多久？

素裙女很爽快地說：快一年。花裙女漫不經意地補：我來了好久──一副不想人家把她看成新移民的樣子。我說：我今天才到。她們都笑，氣氛好了一點。

我自我介紹：我姓張。我沒有說全名，一般在風月場所都是只說姓什麼。素裙女說：我叫沈英潔。她的大方，令我有點不好意思。花裙女補一句：我叫桑雅。我故意問：Son……她們齊接上：Ya。想不到她有這樣的外文名。沈英潔摟住桑雅說：她是舞蹈藝術家。桑雅立即反駁，用普通話說：你少來。再向我認真加一句：我唔係（我不是）。隨即報復似的指沈：她是大學生。沈也用普通話回敬桑雅：你少來。再對我說：我乜都唔係（我什麼都不是）。

我故意說：你不是每天六點就起來嗎？沈英潔迷惘了一下，桑雅說：他偷聽

我們的講話。我看著手表說：二十五分鐘後要去金巴利道接侄子放學。沈英潔猛

然看一下自己的表說：差點唔記得（差點忘了）。倒是桑雅說：還早呢。跟著問

我：你的手怎麼了？

我說：我們的貨船，到了拉各斯港，在西非奈及利亞，找不到卸貨工人，只

能僱用警衛在船上保護貨物。果然有一個晚上海盜登船，我們跟他們火併，其中

一個海盜在我五英尺外開了一槍，還好只傷了手的外皮。

這種事情在拉各斯的確發生過，不過不是在我身上，除了五英尺距離開槍把

我打傷那部分是真的，其餘是我隨口編出來的。沈英潔問：吃這口飯有這麼危險

嗎？我說：看你是哪一路，或應該說，是哪一水？

桑雅插嘴問重點：你結婚沒？我說：誰願意嫁給行船佬？桑雅笑著說：這倒

也是。她見沈英潔不作聲，問：行船佬，愛唔愛呀（行船佬，要不要）？沈英潔

吸一口氣說：不跟你們瘋了，我夠鐘啦（我時間到了）。我立即問沈：後天，同

一時間，同一地方？桑雅說：後天沒空。我故意指一指沈英潔：我係問佢（我在

問她）。桑雅說：好，你們兩個幽會吧。我望著沈英潔，她回答：後日，同一時間，同一地點，我請你喝咖啡）。

我說：一言為定。

我急急付帳後三人一出酒店就分手。桑雅問沈英潔拿了十元，衝過對面馬路搶上了計程車。沈英潔向我輕輕點一下頭就走。我伴行另一方向，等沈走了一段，我轉跟著她，滿喜歡她走路的樣子。她沿著加拿芬道走，從堪富利士道開始，過金馬倫道、加連威老道、金巴利新街，到了金巴利道，就站著不動等佳子包車。我剛過了加連威老道，快到金巴利新街，如果她回頭，就會看到我。我應該預料到這樣情況，我跟著她幹麼，我對自己傻氣的追蹤感到好笑，慢慢轉頭走回加連威老道，等過馬路。突然我身旁一輛計程車駛過，桑雅坐在後座，她開玩笑地做了個臉，像在假裝罵小孩子，並用食指指向我指兩指，表示我不乖，都給她看到了的意思。她車子就沿加連威老道駛去漆咸道的方向了。尖沙咀那段路車多人擠，她是在堪富利士道上車，駛到加連威老道這麼一小段路，有三處紅綠燈，有時候走路比坐車更快。只不過在我意識中，桑雅一上計程車，我已把她忘掉，

遠離了我的世界，之後，突然又亮在眼前，好像她的時間比我的時間慢。

桑雅一定會跟沈英潔報告，說我在跟蹤。這未嘗不好，等於借桑雅的口表示了我對沈的態度，後天再見面時，我們的關係不用費唇舌自然到了另一層次。沈英潔已清楚知道我對她有興趣，且看她怎麼反應。這偶得的方便令我身心愉快，雖然，我虛無的一面不斷在說我多無聊。整個回家路上，我都在想她，沈英潔。

隔天的下午兩點半，我到格蘭咖啡室的時候，英潔已在。我說我以為你兩點半才有空，她說，也不一定這麼準確。我正打算在她右邊坐下，她拍一拍左邊椅子，我遂移坐在她左邊。女人有的時候會以為自己某一邊的臉比另一邊好看，希望男人從她有利的角度看她。其實男人看整體感覺，看不到細部。不過既然她要我坐左邊，我順她意又有何損失。

起碼表示她很在意，要給我好印象。

點了咖啡後，我以為大家會說些客套話，但她不浪費時間，想盡量蒐集資訊。她說：我的生活你好像都知道了。我回答：還有很多不知道。她繼續：我不用再說我的了，想聽你說你的。我一口氣說：我，香港長大的香港人，一世好

運，無憂無慮，無災無難，什麼都沒有發生，報告完畢。她笑說：你少來，說吧，從小說起，細節愈多愈好。

我小時候有段故事，每次跟女孩子說，都很能帶動她們的情緒，於是我說：

一九五四年出生，家是住在上海的寧波人，只記得自己和媽媽一起在一個很暗的房間裡面，這是對上海的唯一印象。真正的童年記憶從四歲的某一天開始。

那天媽媽帶自己去坐火車，人很多，世界很亮。我還記得火車開動的一刻，像天搖地動，惶恐之後立即是興奮。開動中的火車是我最早的快樂記憶，我從此愛上離鄉背井。在車上，媽媽還是沒有笑容，不過買了許多我從未吃過的零食，隨便我吃，而火車上的便飯味道也特別好。不知過了多久，到了廣州，和媽媽一起在車站露天平台，睡在長板椅上，晚上又吃了許多零食糖果。翌晨，媽媽叫我把零食放進小書包內，並拿了一張照片給我，叫我認住照片中的男人。那是我爸爸。照片後有我和爸爸的名字，和他在香港的地址。媽媽再三叮囑，見到爸爸，一定要大聲叫他，我還練了幾次大聲叫爸爸。然後，不知怎的，媽媽就一直哭，抱一抱我，又哭、又抱，把我交託給一個帶著兩個小女孩的胖女人，送我上火車，還

再三說，記得大聲叫爸爸，又把一包糖塞在我手。火車開走，媽媽留在平台上，一直哭著在揮手。我看著她，手裡拿著糖，沒有向她揮手，也沒有哭，胖女人還說我不哭很乖。不久，我睡著了，醒來天色仍然很亮。我覺得胸口像被重物壓住，說不出的悶，那時候我才想哭，但忍住沒哭出來。以後我每睡午覺醒來，都會有胸口很悶想哭的感覺。火車到了深圳羅湖，我跟胖女人一家走了好長一段路，又排隊，又再走路，如是幾次，像沒完沒了。胖女人也很緊張，一手拉著一個女兒，只偶然回頭看看我是否跟在後面。倒是我自己突然看到一個男人大概沒想到我這邊，有點驚訝，但他當時一定也很開心，一直笑說：得志、得志。我全名叫張得志。

沈英潔並沒有預期中那樣為我所感動，但也不是完全沒反應。她說：如果你沒有來香港，你也是老三屆了。我沒有聽懂，她也沒有解釋，只追問：後來呢？

我說：爸爸在香港已另外有了女人。他大概跟媽媽談好了條件，只申請我出

來。我不敢想，如果我媽不同意放我出來，一定要把我留在身邊，我會怎樣？我到香港後，爸爸的那個廣東女人，後來正式是繼母，剛懷孕。爸爸在加拿芬道買了房子，只有兩個房間。大概是繼母的主意吧，叫我去跟一個叫屠家伯伯的老人一起住在隔壁一幢舊房子。房東是廣東人，我跟屠家伯伯住在尾房。他是爸爸在上海的結拜阿哥。爸爸說屠家伯伯以前是小開，家境不錯，不過解放後都沒有了，偷渡來香港的黃牛錢還是爸爸代付的，在我爸以前租的房間外的走廊，搭了張帆布床，住了好幾個月。現在要照顧我，算是償債吧。一天三頓，上學放學，都由他負責。後來他自顧不暇，患了白內障、糖尿病，病痛一大堆，倒過來要我照顧他。

沈英潔說：那你童年也滿苦。我澄清：也不見得，我從沒挨過餓，沒幹過粗活，也沒人罵我打我。後來妹妹大了點，我親媽媽也死了，繼母就放心了。家裏環境一天比一天好，每星期日爸爸會帶大家出去吃東西，什麼樂宮樓、喬家柵、鑽石酒樓，現在都已經拆了。有時候更去樂宮戲院、大華戲院看電影。還好我第一次見爸爸的時候，叫的聲音特別大，他對我始終有份親，私下塞不少零用錢給

我。後來上學，雖沒有太多家庭溫暖，卻經常有零用錢，請些完全沒有零用錢的小朋友吃零食。我沒有大人管，整天可以在街上玩。屠家伯伯完全生活在他自己的世界裡，聽他那幾張舊京戲唱片，要嘛戴著老花眼鏡在縫郵包，糖呀油呀，寄返大陸，每一包裏縫上許多層布，他說碎布連起來可做衣服。我是不到晚飯不回那尾房，每天在天文台一帶跟附近的野孩子玩，偶然充闊佬請他們吃零食，朋友一大堆，小人國大隊長，這個上海仔還滿受歡迎呢。

英潔問：你媽怎麼死？我說：聽說痼瘴，肚子愈來愈大，脹死。不過，說來慚愧，我對媽媽的印象太淺了，來香港後也沒人向我提起她，我簡直把她忘了。知道她死，也沒有什麼感覺，沒有問詳情，到現在我連她的一張照片都沒有。

英潔追問：後來呢？

我說：怎樣？難得兩小時空閒，真的還要聽嗎？

英潔肯定：聽，真好聽，再來。你搬回去你爸爸家嗎？

我說：不要跳得這麼快，搬回去是很後的事了。屠家伯伯突然中風，我不在，房東送他去醫院，沒多久就死了。爸爸他們一直沒叫我回去跟他們住，我也

不問，一個人住尾房，一直住到念完中學。

我告訴你第一次死亡經驗，其實是不會死，但當時我以為會死。屠家伯伯死後不久，大概我在念小學三年級吧，參加完學校運動會，中暑。下午回尾房躺在床上，一回冷一回熱，整個人連轉個身的力氣都沒有，熬了一晚，也沒吃飯，也沒喝水。沒人知道我生病，第二天是運動會後一天放假，家人以為我上學去了，也沒有找我。我溫度愈來愈高，東西都開始變形，一片金黃色。我看到屠家伯伯的那副假牙，放在已生苔的玻璃水杯內，擱在他生前睡床上端木架的雜物之間，好像在一張一合。我相信我快死了，我認為死的滋味就應如此，並不痛，只是心頭很悶，很寂寞，上海話叫霧數煞。我躺在床上動彈不得地哭起來。

英潔問：後來呢？

後來，房東的大兒子，在香港大學念醫科，本來住宿舍，那天竟然回家。他跟我滿好，每次回家都跑到尾房來逗我。他看到我像被烈日曝曬多天的鹹魚乾，馬上給我吃退燒藥，又灌我喝了很多水。晚飯後爸爸和繼母來看我，我已經好像沒事一樣。他們樂得清閒，說沒事就好了，有事明天帶我去看醫生。他們只看到

我復活後的樣子。

英潔又問：後來呢？

我說：時間不多了。

她說：再來一段。

六七年香港左仔暴動，我爸爸以前在上海是做貿易的，五反後才以討外債藉口申請到澳門再偷渡來香港，一看到共產黨就想移民。他以前有肺病，加拿大領事館說身體檢查照出一個肺疤，不通過。自此他一直怨運氣不好。家裡除了住的房子外，他早把寫字樓和貨倉低價賣掉，生意也頂掉了，拿了現金，沒事做去炒股票。有一陣子忽然大賺，後來七三年股災，大部分的錢都虧掉，爸爸就不像以前的人樣了。我的出國留學計畫也泡湯。

英潔說：可惜時間到了，我得走了，下次聽你的留學計畫。她把錢從小皮包拿出來走到櫃檯付帳，早已連零頭在內算好要付多少。

付完，她問：後天，同一時間，同一地方？

我說：奉陪。

現在，她知道我的童年，比我知道她的現況更多。我是說得太多，想不到自己會向一個陌生的女人，說了很多從來未跟別人說過的話。可能是她的眼神，一直在鼓勵我說下去；可能她在我的世界裡是無關痛癢的人，我才會無顧忌的說真話；也可能是我的勾引手段，故意把自己說慘一點，讓一定有更慘經驗的她變得更容易認同我。總之，我喜歡跟她說話。這是一個還沒有完全唯物化的大陸妹，我記得自己這樣想。

星期五下午兩點我準時出現，她在酒店門外沒進咖啡室，迎前說：桑雅出事，我要去幫忙。

我說：那我跟你一起去。

桑雅在大角咀一幢房子租了房間，又是一個住尾房的人。放高利貸的人在討錢，桑雅坐在椅上，一副大不了要我命的樣子。英潔從小錢包拿出六張摺過的五百元鈔。

一個戴眼鏡的男人說：咁即係玩我（你耍我）！

英潔望住桑雅，問：你不是說三千？

桑雅答：我知道你大概只有三千。

男的說：三千？三萬差不多。

我心想：說來說去，只不過三萬而已，這風險有限。

桑雅一副不爽的樣子：三千，係咁多，愛唔愛？唔愛斗零都冇（三千，就這樣，要不要，不要拉倒）。

另一男人抓住桑雅耳珠上的大耳環，往上用力一拉，說：八婆。

這個時候我介入，看那戴眼鏡的樣子還斯文，我客氣的請他出去走廊談談。他果然跟我出去。我問他是哪一路的，他直說不諱，態度很好。我請他等一等，然後我打電話給一個叫黑豹的朋友，略把狀況說一下。黑豹一聽就明，我請黑豹代打電話給那一路兄弟的老大，請寬容一下。黑豹說不用另打電話，就叫那些收帳的來跟他說話。我照辦，把電話交給那戴眼鏡的。他說了沒幾句就掛上電話，對我說：你是刨哥的朋友，今天我們就收工，不過我們吃這行飯，是有規矩的，有些工夫遲早還是要有人收尾。

我說我理解。戴眼鏡的臨行前，用專業的口吻說：照規矩做，大家都好過。

說完他就拉隊走了，很斯文。

英潔對我已完全傾心，她特意讓我看到她讚賞的微笑。跟著她問桑雅往後怎辦，桑雅說：過了今天就有辦法，大不了回大陸避風頭。

然後她對我說：大力水手哥，這次唔該晒，你地走啦（大力水手哥哥，這次謝了，走吧），阿英趕時間呀，一刻千金呀。

當我們離開前，她又補一句：喂，大力水手，要對阿英好的。

我不喜歡她把話說白了，但懶得澄清。這次後，再見到桑雅是十三年後的事了。

上了計程車說了地址後，我一把抱著英潔，親她的嘴。她一點不介意。我撫摸她身體，並一手抓住她的乳房。如我所想像，她的胸脯很有質感，一手尚嫌掌握不住。她不抗拒，只用雙手把我抱得更緊。我的手穿過她的襯衫，潛越她的奶罩，搓到她的乳頭。除了換氣時略調整坐姿，我們一直親熱，但因為是大白天，也只限於熱吻和用司機看不到的那隻手撫摸她的上身。

車子由彌敦道轉金巴利道的時候，她把我推開，把衣服整一下說：明天禮拜

六，早上八點，同一地方。

說罷，她眼睛不看我，等車子駛至金巴利道與加拿芬道交界，準備下車。我趨前很洋派的輕輕吻她一邊面頰，等她以為禮成又拉著她輕吻另一邊面頰，像足法國人。我知道她會喜歡這樣子溫柔的變調。

她不是說禮拜六不出門嗎？大概她已決心為我改變習慣。為什麼是早上八點？叫我禮拜六不能好好的睡晚一點。

不過，翌晨，我很早就醒來，預期著做我喜歡做的事。準八點，她站在酒店大門外，看到我就直說：到你那裡，好嗎？

到我家，我們就做愛。之前，除了少數例外，跟我做愛的女人是要收錢的。

尤其這幾年，我已習慣了專業女士的專業服務。對她們來說，性是錢，對我來說，性是性，很單純。

不諱言，這次跟英潔做愛，滿足感更大。一來她喜歡我，二來她做愛時候的中國良家婦女動作和廣州口音叫聲，令我感到份外挑逗。每個地方女人在床上的反應，原來同中有異，那異味最催情。她是我第一個國內女人。想不到的是她毫

不拘謹，但也不是專業女士制式化的放蕩，而是好像期待這刻太久，終於可以安心的分秒必爭，因而失控。

做愛後我第一個念頭是，要小心了。她真的喜歡我，我要盡快把遊戲規則說清楚。

她做愛後，很想談話。她說又輪到聽她的事。我不好意思拒絕，只說先吃點東西。我打電話到杜三珍叫了酸辣湯、上海粗炒麵、小籠包和鱔糊，吃了一半她開始說：你知道我是很笨的女人，一生多少決定是錯的、吃多少虧。

我敷衍說：：還年輕，不要輕易說一生、一生。

她其實比我大一年，五三年生，以吃過苦的大陸女人來說，算保養得不錯，樣子沒有比年齡老。

她爸爸在大躍進後，逃亡到香港，過了幾年拿到香港身分才申請她媽媽和弟弟來。那時候文革已開始，輪到申請她來香港，她竟然拒絕，要留在廣州。我問她為什麼，她回避說，因為她笨。

她初中畢業那年，學生都不用再上課，所謂知青上山下鄉運動。照她說，如

果我在大陸，照算應是六八年初中畢業，凡六六至六八那幾屆，都稱為老三屆。

我雖然是獨子，但母親已死不用侍養，大概逃不掉跟上海同代人去北大荒。以我資產階級後代的身分，如果做紅衛兵，為了與上一代不良身分劃清界線，我會表現特別積極，起勁造反。但在文革，你先鬥人，後來還是會輪到你被人鬥，跟著都是下鄉插隊。英潔早我一年，經歷差不多。她跟廣州同代人，被分派到海南島。當地人對知青很煩厭，二話不說都是被分配去做最苦的工作。英潔就這樣在距離首府海口兩小時車程的公社裡種了八年甘蔗。

這時候我才知道，英潔右邊的耳朵因為發炎沒有好好醫治而聾掉，我還一以為她喜歡我看她左臉。

八年來，她每年冬天回一下廣州，但因為沒有戶籍無法留下。

英潔告訴我，當時在海南島公社裡，有個書記的兒子喜歡她，要娶她，她抵死不從。而她的一個廣州女同學，卻千方百計要嫁給這個書記兒子，因為可以不幹粗活。書記兒子終於娶了女同學，而這個女同學至今仍落戶在海南鄉下，不能回廣州。

到七〇年代，知青陸續回原住地（與當地人結婚的除外），很多人比英潔更早返廣州，大概是她既沒人在省城幫她跑關係，又不屑去討好海南公社那邊的有權人士，說不定那書記兒子故意不給她方便，結果是英潔要到七六年才回到廣州。自修了一年多後，跟上容許超齡知青重返學校的政策，重新去念高中，念完再考進大學。那時候四人幫早已倒台。

她在大學念英文。剛上第三年，父親生病，重提申請她來香港的事，理由是她弟弟一家人要移民，父親沒人照顧。英潔知道這次若再拒絕，以後不用指望家人會申請她，所以大學也不念完，就來了香港。一住快一年，過著菲傭生活，卻沒有菲傭名正言順的名分。

我問她桑雅欠高利貸的事怎樣了？英潔說她回了大陸。我本想說她不能這樣一走了之，叫人家放帳的不好交代，但現在我沒有心情去管桑雅。英潔卻開始談桑雅。

她們同校。桑雅低幾級，小時候很討人喜歡，愛跳舞，國家要重點栽培她，好將來安插在文工隊，幸運的話甚至去北京參加東方歌舞團。桑雅也就整天夢想

做舞蹈家，並自己改了桑雅這個俄國名字。有陣子她在廣州少年兒童宮的圈子真的微有薄名，一堆少年捧著她。可是有一天，穿過馬路的時候，一輛本來停著的軍車，突然後退，她人被輕碰一下，倒在地上，旁人急拉她一把，人是脫險，可是右腳面還是被車輪輾過。軍車上的人看到桑雅還能站起來，看不到傷，又能走路，就開車走了。她看了醫生，也說沒事，腫幾禮拜會好。不錯，一般人能走路就算了，但對桑雅來說，右腳某幾種動作有障礙，對別人是小瑕疵，對她是一生全毀。她的舞蹈家夢碎了，再沒有事情值得她去認真。靠著幾分姿色，到處混，竟然七、八年前給她搭上一個回鄉探親的香港地盤工人，結了婚，生了孩子，來了香港，又把人家甩了，一個人在香港找生活，用的不就是女人的原始本錢。

有次紅線女來香港演唱，英潔難得陪家人去看戲，碰到桑雅。之後她們三天兩頭就碰面，聊兩個小時天。在香港認識的人之中，唯有英潔會記得桑雅在少年兒童宮的鋒頭事蹟，英潔是桑雅的歷史見證。

我想，她們這些大陸人，每人一生都有幾件戲劇化的遭遇，跟歷史呀、國家呀，扯在一起，可以很轟轟烈烈的告訴別人。

我一生有的都是些瑣事，歷史跟國家沒煩我。

我還是不知道英潔當初為什麼拒絕來香港。

但我有一套假想。剛才做愛，我知道她不是處女。當然，有可能是因為她勞動，或做運動弄破了處女膜，不過從她做愛的激烈反應，可知她是有性經驗的。可能是她在海南島有男人，更可能是她在廣州有了男朋友，所以才不肯來香港，下放後，每年冬天回廣州，就是跟男友幽會，當然包括做愛。後來男友沒有等她，所以她一直說自己笨。剛才她在自說自話的時候，很多細節其實我沒聽進去。自從火車過了羅湖後，大陸雖近，對我來說卻好像不存在，大陸東西我沒興趣。所以我一邊聽英潔說話，邊在構想我的處女膜理論。倒不是我特別重視貞操，我一生並沒有遇上過處女，也沒有童女情意結。剛才的做愛勝過以前的經驗。故此，當我建立了一套對英潔性歷史的假想，完滿解答了非處女和不肯來香港的原因後，心中釋然，不再去想這事，很滿足的迷迷糊糊睡著了。

西斜的太陽把我曬醒，我感到心口有一股悶，不過跟童年的感覺不同，沒有想哭，倒感充實。英潔睡在我身邊，穿了我的棉內衣，我開始撫摸她，親她的身

體，直到她慢慢醒來，我再進入她體內，這次時間更長。她的廣州口音叫床，依然催情。我出奇的硬。她甚至叫出了幾句普通話。我很自滿：不是每次都能這麼硬、這麼久，更不用說一天兩次。這樣讓一個過著刻板生活的女人，有滿足的性享受，我覺得自己做了一件好事。

她趕快穿回衣服，說答應了家人，要去買剛出爐的麵包，然後回去吃晚飯。

她說：明天，我會跟他們說好不用等我吃晚飯，早上八點見。

我急忙說：八點不成，十點好了，也是到我這裡，好嗎？

她點一點頭，把雙頰讓出來給我親一下才走。

我想了想，有什麼後果？我沒有說喜歡她，沒有說我沒有其他女人，我們之間沒有承諾，只是兩個成年人做個伴，享受生活。我認為我的態度，我的不說部分，已說明了我們的遊戲規則。

她是很心甘情願的要跟我好，否則她隨時可以拒絕，不但沒有，甚至在某些步驟上，她採取了主動。我們互不相欠。

我提醒自己，明天記得買避孕套。今天太衝動，忘記戴套子。不過或然率來

說，值得一賭。我總覺得第一次做愛就戴套子，一切好像是有備而來，不夠即興的感覺。不過，明天開始要小心，不然這種大家玩一玩的互惠計畫就會變質。

翌日早上八點，我跟托圖先生在文華酒店咖啡室開早餐會議。托圖是五十來歲的英國人，喜歡人家當他是商人銀行家。他是一名中東油王在香港的投資集團的代表人。該集團在我們奈及利亞的一家公司裡，占了不足百分之十的股份，是我老闆雪茄黎在我回香港前，叫我找托圖，向他報告一下奈及利亞的策略夥伴。

狀況，屬例行公事。我跟托圖解釋說，當權的軍事強人布哈利情況不妙，少壯派軍人蠢蠢欲動，布哈利政府內部的人，也在密謀倒他，實力派的參謀總長巴班紫達特別值得注意。不過，我們的投資計畫不會受到影響，因為每一種勢力我們都照顧到，所有可能執政的野心軍人都收了我們的錢，任何一方上台，生意皆可以繼續。

托圖是非洲通，我簡單一說他就理解。當初投資時已計算過這樣的政治風險，甚至說不上是風險，而是在奈及利亞做生意的循環週期和應酬成本而已。

他更感興趣是我為什麼受槍擊。我說我該次如果中槍死了，真是太冤枉。那

一支新成立不久的部隊，成員來自南部紅樹林沼澤區的一個薩滿式基督教小部落。我叫他們做沼澤部隊，趁少壯派天主教部隊政變，竄到首都拉各斯來，也沒有表態支持政府軍或叛軍，只想趁火打劫，發夢想賺錢，竟曉得摸到華人集居的依可亞區，要找中國人談交易。當時大家推舉我老闆雪茄黎去交涉。雪茄黎一看這批穿軍服的土番，根本不入流，也不像明日之星，當然不放他們在眼裡。雪茄黎什麼大場面未見過？他口袋裡裝著全國不同派系或部落的軍人，是全西非最強悍的武裝力量，哪容小小的沼澤部隊撒野。於是不答應他們的條件，氣氛很僵。

我一直坐在雪茄黎旁邊。想不到對方陣營有個低級軍官，突然拔槍，想都不想就朝我頭部方向開了一槍，我自然反應以手掩面，子彈未射中我頭，卻擦傷了手背。我到現在還弄不清楚他目標是我的頭，還是故意射不中。我想他是無所謂，射中我頭也不在乎，射不中，示威效果一樣達到。

他的失算是，雪茄黎不單沒有被嚇到，反而勃然大怒，拍桌趕他們走。我們那邊的黑人警衛也拔槍以對。那支化外沼澤部隊知道跟我們硬來，也拿不到好處，遂悻然離去。後來這支部隊的下落如何，我沒有去追蹤。到我來香港為止，

他們都沒有回頭來找中國人的麻煩。

托圖對這段故事有興趣，因為可以讓他發表一些他的高見，我正是在等他做結論式的評語。他說：太極（他一向堅持叫我做「太極」，而不是得志），你有沒有想過，就算你當場被殺，結果還是一樣；雪茄黎依然會大怒，下逐客令。但不會為你而火併，一切很快如常，生意照做。

托圖就是喜歡去勾一些曖昧的道德處境。他另一句話我應該記得牢一點：他們永遠是射殺那第二把手。

永遠射殺第二把手。就算是剛從原始沼澤出來的原始人都明白，殺了第一把手，就談不下去，也沒人會給錢了。要想嚇第一把手，最好向第二把手下手。

而我，恰恰經常擔當第二把手。

我急著回去看英潔，想告辭。托圖突然轉到新話題，說他會離開那中東集團，改投靠日本人，因為現在日本錢太多，水浸，到處找投資機會。他將主管一筆日本財團的錢，在亞洲地區，不只是做被動投資者──而是由零開始參與，完成至交鑰匙的地步，再轉移，甚至繼續管理，是真的下場做一些實業。每達到預定

目標，就有紅股及認股權。其中一個小項目，是跟一幫香港人，在溫哥華攬一個

高爾夫球場及會所，已到了成交階段。他明天就走，問我可願意跟他走一趟，增

進雙方了解，若有意思，以後可以長期替他做事。

我一口答應跟他先去溫哥華看看。

托圖和我共見過幾次面，只有這次是單對單談話。他對我一直有好感，大概

是我的英語和儀態配他胃口。我心底很願意跟他做事。他見過世面，有大格局，

可以學到很多。再說，六年在非洲跟著雪茄黎，也真夠了。這一下槍聲，就像

鬧鐘叫，叫醒我不要賴床。

我晚了一個多小時才回到家，英潔在門外等。她依然可愛，做了皮蛋瘦肉粥

帶給我吃。我說我剛吃了早餐。她說：你好壞，我要吃你。

她拉我到床上，我仰臥著，她騎在我身上，吮我，把我陽具放進口中，我任

她攬，有個念頭一閃而過：是誰教她這樣討好男人？她的廣州男友？

過了一陣子，她坐在我身上，把陽具塞進她下體內。我想起避孕的事，說：

等一等，我上衣口袋裡有避孕套，剛剛買的。她說：不用，我吃了藥。她叫我躺

著，什麼都不用做。我心想：大陸女人對避孕倒真的不當一回事，很實在。

她搖動身體直到我射精。那運動量一定很大，她整個人像虛脫一樣塌在我身上。

之後我吃掉皮蛋瘦肉粥。我問她晚上是否一起吃飯，她說是的。我去打電話訂位子。回到飯桌，她攤了些剪報在檯面，都是房子分類小廣告。她說：我想搬出來住。

我想：她不會這麼快對我有所要求吧！

看了剪報後，我知道顧慮是多餘的，都是些梗房出租廣告，寄住在別人家中的房間。她真的只是想搬離父親家，重新過自己的生活。

我想起住尾房的日子，說：你獨立生活，那很好，不過先到處多看看，不用急。我不想她在我離開香港期間有任何搬出來的決定，怕她是為了要方便見到我而搬，而我還沒有決定跟她的關係應用哪種方式去維繫，甚至應否延續下去。

她急著要看房子，我只得陪她。房子都在尖沙咀區，我們看了幾間，我總是潑冷水。我想正好利用去溫哥華的機會讓她好好想一想。我說有點睏，我們就回

家去睡午覺，睡前聽到她說很喜歡這樣兩個人過日子的感覺。

我們傍晚差點睡過頭，急忙趕去吃飯。我不想帶她去太時髦的地方，因為她的衣著有點土，所以選了一家在亞士厘道滿隱蔽的小義大利餐館。我幫她點了薄片生牛肉頭盤、海鮮湯和牛膝拌特細麵，自己點了莫薩里拉芝士夾番茄和李索圖有味飯。她對義大利菜一無所知，我讓她試我的菜，她每樣都說好吃，證明她口味還很開放，願意學習。這家餐廳不可能有基沙代理的好義大利酒，我叫店家推薦，隨便點了一瓶，反正水準不會很高。她從來未喝過紅酒，卻很能喝酒，我們到主菜已喝完一瓶，稍嫌不夠，不過我不想再點第二瓶這種水準的酒。

她心情好，我也有說話的興致。在告訴她我要去溫哥華之前，頭盤開始我先嘗試回答她的問題：我的出國升學計畫如何泡湯？

我說：怎麼說呢？你知道嗎，我晚了一年才上街坊幼稚園，小學是在油麻地官涌菜市場附近的一家二樓學校念的。小學會考不怎樣，被分派到旺角尾一家不怎麼樣的天主教會男校。不愛念書，整天踢足球。轉變要從念完中三那年暑假剛開始的時候說起。一個下午我和同學在伊莉沙白醫院後山的平地踢完球，自己走

回家。在覺士道上，剛過了童軍總會，在二號C巴士站前，被三個阿飛圍住，叫我把身上的錢和球給他們。當時剛好有一輛警車駛過，他們圍著我用眼睛警告我，我真的不敢作聲。警車過後，他們完成搶劫，拿走我僅有的十幾塊和足球，其中一人並在背後打了我一拳，說下次再碰到我，要打我三拳。

他們往柯士甸道方向溜跑。我覺得自己很窩囊，警察經過還不敢呼叫，好像證明了膽量不夠。我對自己的表現很失望，原來自己是這樣一塊沒種的料子。我本也應往柯士甸道走，卻回頭走向佐敦道。角子上是兩層樓的基督教會辦事處，在門口我看到一張手寫的硬卡紙海報，上面寫著「青年茶座：免費」。我正在看著，一名二十七、八歲的男子走出門口，態度親切，用英語說：你好嗎？我不慣用英語交談，沒作聲，他用中文說：入來坐吓（進來坐一會兒）。他好像有辦法令人一下子跟他熟絡，我就進去了。裡面有十來個比我大一點的男男女女，是暑假青年營義工的召集會，門口那男人是主持。

那天之後我們都變成了他的義工，整個暑假就往粉嶺和大嶼山的青年宿營跑，要不就在教會會客室辦我們的青年茶座，吃免費點心。

那男人叫加利哥利，學自美國電影明星加利哥利柏，是天生的小人國大隊長，專主持青少年活動，熱中戶外生活，並是駐香港英國軍隊編制下的「義勇軍」，香港的民兵、業餘軍人。茶座裡的人就叫他義勇軍。他和比他年輕六、七歲的太太安妮，整天就是跟我們這些小大人在一起，傳授一些他認為很實用的知識給我們，例如急救、在晚上找北斗星、野外生火。他教我們用英文唱營火歌，總是以〈的不那裡路漫長〉這首英國人的歌開始，另外配一些美國民謠，如〈噢！蘇珊娜〉、〈紅河谷〉，後來並多了些新歌如〈五百哩〉、〈所有的花去了哪裡？〉、〈風中吹〉、〈我們會克服〉，最後以那首「搖呀搖、搖你舟、溫柔隨流下，快快樂樂，生命只是夢」結束。義勇軍又愛說一些英文成語，如「蠟燭兩頭燒」、「駝峰上的最後一程」、「滾石不聚青苔」。我最記得他喜歡在營火會快完的時候，用英語說：「夜，還很年輕。」不知不覺間，我對英文的興趣大增，到中五會考，竟然靠英文和聖經拿到良等，可以繼續上大學預科。我那家天主教中學，同一個教會，在美國中西部開了一家不怎樣的大學，如果我付得起學費的話，兩年後大概過去留個學沒問題。

怎知道我爸爸在股市吃了大虧，他說錢都像大閘蟹的給綁住了。我知道留美

無望，而考本地大學我沒本事，就去紅磡工專學無線電，因為義勇軍正職是在那

裡教無線電。就這樣我畢業後才會申請到船上當電報員。如果那次給搶了十幾元

和足球後，我沒有逆向而行，回頭走向佐敦道，看不到青年茶座的海報，我大概

後來不會選上行船這職業，現在手背也不會受槍傷。

英潔喝了酒，心情特好，頻說：理解、理解，好像明白了我的一生。其實她

太多事情不知道，包括義勇軍、安妮和我的關係。

她想到了別的話題，問我看過什麼英文小說。我說都是在太古輪上，看以前

人留下的小說，如阿嘉莎·克莉絲蒂的偵探故事、伊恩·佛萊明的詹姆士·龐

德。她說她都沒看過。

看書不是我擅長的話題，不過我知道她在廣州念過英文，也順便問她看什麼

小說，她說看得最多是狄更斯，最喜歡是珍奧斯汀和哈代，再古一點她看不懂。

我說我對舊小說沒興趣。其實我的英文是在船上磨練的，因為每天要跟英國

人打交道。我立即模仿幾種口音，由低下層至硬上唇，自以為維妙維肖。英潔不

一定知道各種口音代表的階層，但看到我的樣子，她笑不停，我覺得她是個不錯的女伴。她還在笑，我說：

我明天要上船。

她問：去哪？

我不想說真話，因為真話要解釋。我說：去東南亞，大概十幾二十天。

她向侍應拿了一枝筆，把她的電話號碼寫在餐紙上給我，並說：回來打電話給我。

我問：打到你家，方便嗎？

她微笑用國內口音的英文說：我不理。

我用女皇英文說：非常好，如果你堅持。

英潔的爽快、實在，是我喜歡的。

但我怕她太喜歡我。

這個女人正在追求獨立，要開始人生新的一頁。這本來可以說不關我的事，並不是我叫她這樣做，我沒有邀請她跟我一起生活，也沒有承諾她任何未來。我

一向自律，不會因為衝動而說出我愛你、我要跟你在一起之類的話。事實上，我連一句親密的小話都沒跟她說過。每次做愛之後，我都說謝謝，每次道別我輕吻她雙頰，完全是朋友之道。

她能分得清楚嗎？

我慶幸剛好要離開香港。星期一上午　我留了一張字條給出國未回的寶怡，建議賣掉我們的房子，或她把我的一半買過去。下午我跟托圖坐國泰頭等艙去溫哥華。

在溫哥華，我再回顧自己的行為，應該是沒有發出誤導的訊息。我們之間的關係，應是一種有性關係的朋友關係而已　她不應該有其他想法。

我必須承認，分開那幾天，我整天只想著跟她做愛。

我回到香港那天是一個星期四的下午，那天她不能出來，所以就算立即打電話給她，也沒有意思。我趁機休息一下，因為離開溫哥華前的那晚，我們太荒淫了，加上早上從域士拉開三小時的車到機場坐長途飛機，我的體力需要補充。

寶怡又出埠了。在我房間床中央，她放了一張樓宇買賣契約。她已簽了字，

只要我簽一下，房子就轉給她了。父親死後，我以遺產繼承者的姿勢，強占了大房，寶怡和她媽媽屈在尾房，一直都沒吭聲。這房子是她從小長大的地方，賣給她我很安心。

翌日因為時差，很早就起來。我到茶餐廳喝港式咖啡兼看《南華早報》。之後遊遊蕩蕩，發覺街角上開了一家地產經紀公司。我進去摸一下這一區的房價。寶怡開的價錢是市價，很公道，沒有占我便宜。這個時候不知怎麼的，我看到一些房子出租的招貼，有些小單位，號稱四百多呎，一廳兩房，租金好像還可以。我就叫經紀帶我去看看。那些所謂四百多呎的房子，實用三百，像是給小人國的人住的。不過我想英潔一個人住，總比住尾房好。

我打電話給英潔，下午兩點約在那房子。見面時我親她雙頰，好像熟朋友一樣，卻不是一般情侶久別重逢那種。

她看到是整個單位，第一句就說：太大了。她問多少租金，又說：太貴了。

我有點生氣：你鍾意住尾房咩（你喜歡住尾房嗎）？

她看著我我不知如何反應，有點弄不清楚我的用意。其實當時我也不知道自己

的決定會有什麼後果，只想如果英潔既然堅決要搬出來，就替她找一個比較像人住的地方。如果她經濟有問題，起步階段我可以幫她一點忙，好讓她站起來，過新生活。我沒有其他目的，不要求任何回報，不然的話我會跟她談條件，像包小老婆一樣。但我這次幫英潔是無條件的，我說我先代她付六個月租金加上按金，以後她有能力的時候才還我。

兩小時內，手續都辦好。我送她回家，她把我拉進電梯內，熱烈地吻著我。

到了她家那層樓，臨出電梯前，我說：明早八點見。她用英文說：我愛你。

我警號亮起來。我決定明天之後，或許不再見她。

我回家在樓宇轉換契約上簽了字，並留下銀行帳號，叫寶怡把錢匯進我的戶口。之後趕往指定的律師處補簽了一些文件後，我有說不出的輕鬆。

我將是一個完全沒有牽掛的人。

至於英潔，我已經替她想好。那房子不需要裝修，最花錢的家具是床。所以，幫人幫到底，明天我會買一張床送給她，她有錢後也不用還我。她有半年時間去建立自己的新生活，找合適的工作。她英文不錯，人又實在，我相信她可以

在香港生存。萬一收入不夠，她還可以把尾房租出去來幫補，自己做房東。等於說，我扶起了她，讓她走上人生另一頁。她不是我以前碰到的那些要付錢的女人，我不能直接給她錢，只能用現在的方法，很婉轉的回報了她。而錢也花在刀口上，不是花在一些奢侈品上。我這樣的做法，可說是仁至義盡，很夠意思了。

第二天早上，我們約會時間太早，我開門給她之後，又回床上睡。她就陪我躺著，到十一點才去買床。我不會替她買太豪華的床，免得她的其他家具要配套，花錢超過她能負擔。所以，我們就往油麻地彌敦道的中低價家具店裡找。本來我心目中的床是六英尺寬的王級，但房間太小放不下，只能選五英尺寬的后級。

跟著我們回尖沙咀吃日本料理。英潔樣樣東西都願意試吃，這是我欣賞她的地方，她有開放的心靈。

喝了一點清酒後，她跟我說：本來想找個小小的房間，靠自己的能力養活自己，並不想要煩到別人。

我說：現在也是這個意思，只不過把門檻提高一點，這樣對自己的要求也可

什麼都沒有發生　　044

以高一點。

她不知道有沒有聽懂我的意思，只說：但是現在突然租了整個單位，買了大床，一切發生得好快。

我說：因為快，所以你會覺得亂，其實本質還是一樣，並沒有失控，我已幫你都算好。我加一句英文：你可以做到。

中飯後她拉著我去買衣服。原來她一直都是穿弟婦和媽媽的舊衣服，家人都說衣服這麼多，她不用自己再買。這天，她決定為自己買新衣。她要我看過才敢買。我說好，我知道自己品味不錯，可以給她很好的意見。原來她只是要買一條牛仔褲，另買了件伐木工人穿的紅底黑格厚棉襯衫。她說家人要她像個女人，穿裙子，一直不要她穿褲子，更不會同意她穿牛仔褲。

現在她偏要穿牛仔褲，她的第一次。卡其褲子她在大陸是整天穿的，但從未擁有過一條外國牌子的牛仔褲。

我看她，雖說不上時髦，但土氣一下子都沒有了。我宣布她表現合格，可以加入香港女人行列。

她看了一下名牌運動鞋，但沒有買。我知道大陸人第一樣想買的奢侈品，不是太陽眼鏡，就是名牌運動鞋。她大概還沒有擁有過，我鼓勵她買一對，她聽話照辦，並堅持自己付帳。

回到新家，未幾床就送來。床墊還沒有拆掉封包的透明膠紙，我們就在上面做愛。我認為自己一直對她不錯，理所當然她會喜歡跟我做愛。完事後，她又用英文在我耳邊說：我愛你。

我沒有表示，本來禮貌上我應該說些話回應，但我沒有，我的沉默應足夠讓英潔知道我不認為要把愛扯進來。

我們不言地躺在后級床上，都沒有入睡，直至黃昏。

我本想一人獨處，但不好意思自己告辭留下英潔在新屋。我感覺自己很容易厭倦。連續兩天跟英潔在一起，我已有了重複感，提不起勁。為了打發時間，我建議自己煮飯。我從小跟屠家伯伯同住，就要自己煮吃。於是我和英潔去超級市場，買了廚具一大堆，加上白米、雞蛋、菜心、腐乳、薑蔥和油鹽醬之類，又在燒臘店買了油雞叉燒，為英潔新居的廚房開齋。

我又有點後悔在家做飯，因為太像同居、新婚、二人世界。英潔見我吃飯不語，以為我有心事，問：得志，你累了嗎？

我說：還好。

跟著我衝口而出：我明天要上船了。

她問：去多久？

我隨口說：這次是去中東，會去好幾個月。

她關心地問：會像奈及利亞一樣危險嗎？

我說：不會開槍，不過可能會射飛彈。

英潔給我逗笑了。我說：如果這麼幸運就應該買馬票。英潔作一個阻止我亂說的表情。

飯後我們在天星碼頭一帶散步。英潔穿著伐木工人大襯衫、牛仔褲和運動鞋，緊緊地偎著我。我已沒有感覺，只想好來好去，很文明地結束這次交往。

我好辛苦才找到一個話題，問英潔有沒有找工作的計畫。

她已經想好：每天送姪女上學，認識了一些家長，她們都在替子女找補習老

師。小學的中英數，我可以應付。上午班補下午，下午班補上午，甚至晚上。如果安排得宜，可以是一條路。這是我暫時想得到的，也是能做到的。

我想：大概只夠付房租，但不失為一個起點。聽完之後，我更放心她可以自生存。

她突然指著港灣，問：你的船是哪一條？

我根本無船可上，不過馬上就回她：要坐汽艇去汲水門那邊上船，現在看不到。

我腦裡想起另一問題：英潔會不會有辦法知道我的行蹤？

答案是：不可能，大不了她找到寶怡，寶怡也沒有聯絡我的方法，只是偶然收到沒回郵地址的明信片。

事實上，明天我搬出老家後，自己也不知道下一步會在什麼地方，不要說永久地址，連通訊地址都沒有。

英潔的可愛之處是她不拖泥帶水，分手時她只拉著我手說：祝你一路順風，平平安安。

我說：謝謝。

她摟著我直至電梯到了她家那層樓。她用英文在我耳邊說：不論什麼，我愛你。

「不論什麼」這幾字聽得我有點鼻酸。

我真心地用英文回答：謝謝你，你保重。

她用英文回一句：你也是。

我親她雙頰，她忍著淚走出電梯，再轉過身來看著我，直至電梯門關上。

她是個明白人，起碼她底子裡知道，像我這樣的行船人，幾個月變數很大，說不定有什麼意外，難保不碰到別的女人。我不回來找她，她一點辦法都沒有。

她應該不會對我有所期待。

這是我喜歡的一種分手，不太傷感，沒有眼淚鼻涕，沒有承諾，明天來到，各自過自己的生活，友誼長存。

翌日我故意搬去香港銅鑼灣的怡東酒店暫住。不是我特別喜歡那酒店，而是因為尖沙咀人在銅鑼灣出現的機率不大。我在等托圖叫我歸隊。

我在行李中找出未用過的一張中東明信片，在後面寫上英潔地址和我短期內不會回港的簡訊，委託一個走中東水的朋友，叫他到了那邊後，才把明信片寄出。

十幾天後我加入托圖公司，往來東南亞和南亞一帶，而香港一直是基地，每次停留一天至一週不等。但說來奇怪，我再也沒有碰見過英潔。

我很滿意自己對待英潔的態度。這次經驗，證明我有堅定不移的意志，完全有能力掌控自己的感情。這是我十幾年來努力的成果。我不會用感情去枷鎖別人，自己也不會為情困。

我沒有機會告訴英潔關於我生命中的另一段，如果她知道那段，她會更了解我如何變成現在的我。我沒有跟她說到義勇軍太太安妮與我之間的事。

從中四到工專畢業，每年義勇軍主辦青年營，我都會去當他助手，自然也會碰到安妮。她熱愛戶外生活，剪了個短髮，常穿短褲，活力像男孩。她臉上有幾顆黑痣，和無數的小黑斑，大概是太陽曬得多的緣故。她給我的感覺是有點髒。不衣服邊掛了一條線頭、底褲框冒在外褲上、乳罩吊帶歪露在肩、襪子穿了洞。不

管怎說，她是一群大男孩中唯一的女孩，又是我們的阿頭的女人，自然受到一定的注意。

可能是童年的影響，我喜歡跟著年紀較長的義勇軍，而他也視我為細佬。那時候我完全以義勇軍作為我榜樣。

至於安妮，我從來沒有非分之想，說實的，也不懂得去這樣想。性方面我是遲熟的。

直到進了工專後。第一年暑假青年營，大夥吃飯的時候，我晚了一點到場，看到義勇軍那桌，安妮旁邊有位子，便一把坐下去，完全坦蕩蕩。吃了一半，我的腳不慎碰到安妮的腳，我把腳移開，卻覺到她的腳靠了過來。她短褲之下的大小腿，加上赤腳，貼住我同樣赤裸的大腿小腿和腳，整頓飯都沒有分開。

這頓飯令我完全迷失。她是故意的，還是無意的？是性挑逗，還是靜觀其變？我應主動找她，還是一次了？會進一步發展，還是一次了？我應主動找她，還是靜觀其變？

離開飯桌後，她一點表示都沒有，連目光都沒有跟我交接，好像什麼都沒有發生。我從來沒把她當成性對象，可是現在想到她我就有生理反應。她從不是我

認為漂亮的女人，現在我整天只能想著她。

第二天吃飯的時候，我不由自主地把握機會，坐在她旁邊。我要證明昨天的事確曾發生。果然，當大家好好坐下吃東西後，她把腳靠過來，輕輕地摩擦著我的腿。我知道一切是真的，絕對錯不了，不是幻想，沒有誤會成分。後來，她把赤腳板踏在我的腳面上，一直用腳趾在鉗我的腳趾。

我發覺一天之內，我完全變了另外一個人，好像另有物體走進我體內把我控制，什麼朋友之妻、有夫之婦，一切都拗不過一個青少年的性慾望。我只想和安妮在一起，就算只是親親嘴、抱抱也好。我還不敢幻想跟她做愛。我當時完全沒有性經驗，連跟女人親嘴、擁抱都沒試過。做愛是太遠的妄想。

我一直渴望一個讓我接近的女人。可是環顧身邊，連一個有可能讓我親一下的都沒有。

我沒想到安妮可以是這女人，直到她主動用腳把我驚醒。

可是，飯後，她又跟平常一樣，看也不看我。玩遊戲時，她也毫無心理障礙，要瘋就瘋，要贏就贏，就好像其他男孩子一樣。就算身體有碰撞，裡面一點

性的成分都沒有。

只有在吃飯時，我們才發生腳的性關係。周遭坐滿人，我們下身腿部以下卻在二人世界裡幽會。她從沒有伸手下來摸我，而我試過一次，摸她的腿，她立即用手把我的手趕走，好像褻瀆了她似的。

這樣的情況一直維持到我在工專畢業。平常上學，我們難得見面，到了假期有宿營，才有機會同桌吃飯。每次只要坐在旁邊，她就跟我玩腳遊戲，僅此而已。我整個工專最後一年，自慰都是以她為對象。她也是我身體唯一親密過的女人，雖然只限於腳部。

我嘗試過在宿營中找她，她根本不讓我單獨跟她一起，總是混在一群人之間。就算跟我說話，語氣就和與一般男孩子說話無異，眼神中沒有祕密，表情不帶密碼，說話的內容也完全是功能性的，如：今天你帶隊、明天早餐改成六點半。

如果不是畢業，我肯定會發瘋。

我考進英商太古輪船公司當電報生後，沒有了寒假暑假和青年營，就難得見

到安妮。但我心中她依然是我唯一的女人。我們之間存著只有我們才知道的祕密，這祕密把我們綁在一起，叫我受不了。

我歡迎任何離鄉背井的機會，我喜歡船開動離開港口的感覺。

我很快失身。船到馬尼拉，機器房的幾個老手就哄著要帶我這個初哥去妓院。路上我看到一些滿漂亮的菲律賓女人，還很興奮。但帶著我走的識途老馬們，為了省錢，找了一家很低級的妓寨。我記得走過暗暗的巷子，走進像籠屋的房子，被帶往一間暗室，裡面很基本，一張單人床，另外一支在滴水的沐浴花灑。有一個胸脯很大但其他部位也大的女人脫光衣服走進來。我慣了用纖小的安妮來自慰，看到這個膚色髒兮兮的巨型女人，不能勃起。她問我如何玩法，我叫她用手，她就替我搓，也只能稍微硬了一點。弄了不久，她在半勃起的陽具擠出一點精。我是第一個回到大門口，其他同事都不想第一個走出來。

之後的召妓經驗，好壞參差。我不想再任人擺布，常獨自離群去尋歡。因為各地方文化不同，有時候走進一些外表很色情的酒吧，喝了一晚上的酒，還不敢肯定那些女人是否可以用錢買來陪上床。有一次進了黑店，給人敲竹槓要我付兩

千多美元的帳，最後把口袋裡近一千美元都繳出來才脫身。幸而有些地方，賣淫就賣淫，訊息很清楚，交易很直接，有時候還找到一些漂亮的女孩子，我的信心才慢慢建立起來。

安妮已不是我唯一的女人。她只是我心中的大問號，想到她，我胸口會突然發悶，像小時候睡午覺醒來的感覺，霧數煞。

在船公司做了一年，有次回香港，義勇軍進了醫院。我趕去看他，才知道他的腎出了毛病，導致其他機能衰竭，很危險。

那次我又做了連自己也不大理解的事。我向公司拿了長假，留在香港，每天去看義勇軍，其實也是去接近安妮。我跟義勇軍感情再好，光是他我不會無定地留在香港。我不敢細想自己的動機，是不是希望義勇軍病逝，安妮會在無世俗牽掛之下，公開跟我重續未了緣？我不想承認，但這可能是唯一解釋，不然的話，為什麼當義勇軍度過了危險期，我會感到失望？

我跟義勇軍的交情是過去式的，其實我們已走遠。有一次我去醫院看他、開解他，他突然說出一句時髦的美國話：愛是永遠不需要說你抱歉。這話來自《愛

情故事》，是暢銷小說改編的好萊塢電影，想不到他竟拿來引用，好像裡面每個字都是真理。我一直知道自己對英文的興趣是來自義勇軍，始於他常引用的英文諺語。沒想到今天我已練得一口純英國腔，而他卻毫無分辨能力，隨便引用美國的流行語，而且屬於那種我們英國幫卑視的情情愛愛廉價傷感。我知道我跟他已離得很遠，學生已超越老師。

在醫院期間，安妮沒有給我任何表示。她好像只關心義勇軍的病情，和招待那些來探病的朋友。對我陪在旁邊的目的、心思，完全沒有注意，好像我們的腳從來沒有搞過在一起。就算有次在醫院餐廳，一群人喝咖啡，我蓄意坐在她旁邊，她的腳也不來碰我，是不是她忘了我們唯一的偷情方式，還是她已忘了我？

未幾，義勇軍出院，卻經常要洗腎，安妮就這樣陪著他。

我已沒有藉口每天去看她，只得重新申請上班，很快就離開香港。

據說義勇軍一直熬了七、八年，經過無數次洗腎，終於去世，而安妮一直陪他到最後。他死後，安妮跟家人移民去了紐西蘭。

我到底想要什麼？跟一個比我大六、七歲的女人一起生活？她挑逗我，但一

直守在丈夫身邊。如果她背棄了丈夫跟我一起，會開心嗎？我會一直這麼要她嗎？大概不會。以後來對自己的了解，我對每個女人都會很快厭倦。

想不到的是，義勇軍和安妮對我找到自己的人生觀很有貢獻。

首先，義勇軍這麼好的一個人，不抽菸不喝酒，每天運動，心情開朗又樂觀，竟然生這樣大病，不能再過他喜愛的戶外生活，四十歲不到就死掉，怎麼可能？如何解釋？人生有什麼意義？

其次，愛情是什麼？有還是沒有，似乎都在一念之間。不論有沒有，那煩惱都是自己找來的。就算有，也會過去，以我的情形，會過去得很快。對那些愛情消失速度沒我快的人，我會傷害她們，所以最好不要挑起。年紀大後，我甚至肯定愛情都是幻覺。

不過，我還需要多一點點磨練，才有這樣的領悟。義勇軍出院，我回船報到時，心情仍起伏不定，有點自責內疚，更有點無名憤怒，覺得受玩弄，心口好像被挖走了一塊肉。

船到泰國，我就上岸。我給的理由是抗議公司政策的不公平：電報生在船上

應該是長官級的，一年來公司把我的職銜定為無線電助手，只是船員級。但長期以來，船上都只有我一個電報生。除非給我應得的長官待遇，否則我不幹了。這趟，船上兩個相熟的英籍長官也支持我，說會為我寫信給公司。因為我突然離開崗位，公司要緊急派人從香港坐飛機來替我的空缺。活該，我才不管。

我去了曼谷，住在廉價小旅館，想讓我幾股情緒平靜下來。

我買了一部盒式答錄機，躺在床上，不分日夜重複聽著里奧納·科恩的〈著名藍雨衣〉，這首歌是公司裡一名在牛津讀過的鬼仔導我上癮的，說什麼有一回他在巴黎聽到這歌，整個人像木乃伊一樣僵臥在床幾天不能動。我自此每趟自繭，就找〈著名藍雨衣〉陪，別問為什麼，我連那每字明白的歌詞也弄不懂。我沒有立即找女人。因為我很清楚，如果在這裡我想要性，隨時可以找到，所以反而不急。

旅館住了兩名澳洲女孩，都不足二十歲，一胖一瘦，樣子屬於醜的一端，人很親和。每次碰到，都會說：嗨，好嗎？她們在等籌到旅費，就去印度，找印度教的聖人冥修。晚上，她們去市中心，大概是去賣淫吧。有次早上看到她們回

來，還向我炫耀昨晚賺到的美金。

有天我午睡，感到胸口重重的，醒來發覺是胖女壓在我身上。她問：你要幹我嗎，免費的。她開始搞我，我由她搞。後來我又睡著了，直到瘦女把我弄醒，說：你幹了她，現在你也要幹我。

幾天後，她們說晚上就離開曼谷，問我要不要同行。我說我沒有其他地方的簽證，她說她們也沒有，不過朋友會幫她們搞定。我說好。

半貨半客老爺飛機去了印度德里，但只是加油，再飛去阿富汗的首都喀布爾。我問：不是要去印度的嗎，為什麼變了阿富汗？她們說：我們有朋友在那邊。

她們的一群白人朋友果然有辦法把我們從機場帶了出來。去到市區的一幢白灰色陋屋。裡面大概住了三十來人，都是白人，英美德法加澳不缺，男女參半，有兩個小孩，總共只有一個馬桶，一支沐浴花灑，都經常沒水。每個人毛毯往地上一鋪，整天躺著睡覺、看書、抽大麻或摟在一角親熱，餓了到市集去買燒餅吃，其他髒兮兮的當地食物只有幾個資深嬉皮才敢碰。在群體壓力下，大家都很

酷，一副我自己快死也不在乎你還管我什麼的樣子。連那兩澳洲女孩也不敢太友善，以免被認為是中產階級。當然，大家都調整了觀念，不太拒絕別人跟你做愛的要求，以免別人說你歧視，甚至覺得你的觀念太布爾喬亞。

大夥一切都順其自然。有次我們去到郊外，露天抽大麻。有一輛車子疾駛而過，往伊朗方向駛去，不久折回。車裡面坐了五、六個白種男女，其中一男的下車，把像磚頭般大小的包包，拋了給我，喊道：接住！跟著那男的就回車內，車開走前他如赴刑場般大叫一聲：我們去伊朗了！

那是在場所有嬉皮一生看過最大的一包大麻。伊朗抓得緊，不能帶過境。我們大概剛好在對的時間出現在對的地方。

也因為太自然，這批已誤期的嬉皮朋友雖然整天喊著要去印度取經，但卻不知何年何月才會成行。十幾天後，再沒有一個女的能引起我的興趣。更主要是我受不了沒水沖的馬桶。我一聲不響收拾東西，怎麼來怎麼走，坐飛機回了曼谷。

我不再為安妮迷惘了。曼谷和喀布爾把我完全醫好。在香港，性是大事情，在這裡，性如吃飯睡覺。我為安妮一點點的腳交而差點瘋了，何苦呢？興至則

什麼都沒有發生　　060

合，興盡則分，無所謂留戀，更無需占有，誰都不欠誰。有時候要給錢才扯平，有時候免費各取所需，差別如此而已。

我以前因為得不到性，所以把性想得很複雜很嚴重，才會有困擾。

我自己悟出一套活在這一刻的想法。起初，我以為關鍵在「忘記」兩個字。

好像安妮，明明跟我用腳偷情，是兩個人非常私人的親密關係，過後好像完全忘記了，面對我的時候，沒有一點尷尬，照樣把我看成熟人，全無心障，沒有一點男女情在內，這不是忘記是什麼？只有能忘記，才能堅強，才能無咎。

後來我發覺「忘記」不算是全面的解釋。因為我們的腳交不只一次，而是很多次，經歷前後幾年。每次我們先要若無其事地找機會坐在一起，然後兩腳自然會交錯，屢試不爽。這不是忘記，忘記了又怎會一而再地重複？

於是我稱之為活在這一刻。意思是，要親密的時候立即可以親密，不可以的時候就完全沒事一樣，不放在心裡。所有偷情都是真的，所有非偷情的時候也都是真的，都沒有延續性，過了就過了，未來的，未來再說。

我可以推想，安妮不只對我一個人這樣：她應曾對許多義勇軍身邊的男孩這

樣，這是為什麼有幾個男孩長期留在他們兩夫妻身邊的理由，也是為什麼偶然有人會不辭而別或莫名其妙發脾氣而離開的背景。

但安妮可以開心活下去，因為她活在這一刻。只有想太多、不懂得活在這一刻的人才有煩惱。

看安妮後來盡心盡意照顧生病的義勇軍，就證明她跟許多男孩腳偷情，並不影響她履行妻子的責任，做一個有愛心的好人。我的猜想一定是對的，她每一刻都活得真實。我不再責怪她。

而且，因為她，我才會這麼快對「情」有免疫能力。

活在這一刻後，我感到莫大的喜悅。我不再強求未來，也不沉溺在追憶。身邊有好東西，固然最好，我就好好享受。身邊沒有好東西，我就睡覺、呼吸，反正一刻就只是一刻，都是平等的。我不會像媽媽那樣鬱死、屠家伯伯那樣活在過去、爸爸那樣抱怨去不成外國。他們沒有活在這一刻，才有這麼多不快樂。

義勇軍是另一種提示。世事難料，不能太寄望將來，要活，就現在活。

想義勇軍一直跟年輕人一起生活，做他喜歡做的事，也曾經真正地活了幾十

年。）

當然，我不會像那些白種嬉皮般卑視物質生活。我這一代是貧窮過的，是住尾房長大的，我不要再回去。我討厭沒沖水的馬桶、沒水壓的花灑，或任何的髒。我明白最終一切是幻象，不可能永久，不需要眷戀，時間一到我可以什麼都拋棄。但當我有的時候，我不想作踐自己。心智上，我如出家僧，行為上，我是享樂主義者。

我跟船公司聯絡上，它已經同意承認我是長官級，我立即飛到新加坡上船。我可以用長官級的廁所，跟其他長官一起進長官膳，用英語交談。

如是兩年。我在船上學到的東西，讓我有了基礎去應付以後的工作挑戰。作為英式長官，我學會了紀律，參與了船上的規畫會議，學曉了寫有條理的報告和配套性的思想方法，並知道了如何去影響別人和什麼時候作妥協。空餘時間，我修了一些函授的會計、公司法課程。不知不覺間，我已進化為一個好使好用的現代管理的後備軍。當然，我也學會了喝洋酒、打橋牌和召妓。

前後三年在船上，日子不算短，我自知是換軌道的時候了，但對如何踏出下

一步，卻毫無頭緒。

那年是七八年，爸爸過世不久，我搬進他的房間，腦中在想如何寫應徵信、找怎樣的工作。一天晚飯時分，繼母和寶怡正在廚房煮飯，我照常自己一個人到外面吃。我先去加連威老道的太平館，沒位子，說是說馬上會有，我賭氣步行了十五分鐘，去到另一家太平館，在油麻地區女拔萃書院側的志和街和茂林街交界，竟然也客滿，我只好在門口等。我看到一輛紅色寶馬三二〇開過，到一家時鐘酒店門口，一個男人把鑰匙給了代客泊車後，向我走過來。他遞上一張名片，並問：張得志？

我定眼看他，穿了一件短袖蒙特嬌，手上戴金勞力士。我看下名字，名字是陌生的。我怎麼都想不起是誰，而人家卻叫出我的名字。正尷尬，他自動說：黑豹呀。他這樣說我倒是有印象，但無法把名字與樣子連起來。他急了，說：唔係吓嘛，咁都唔記得（不是吧，還記不起）？我說：記得。他還以為我在敷衍他，我補一句：咁都唔記得（你住天文臺台斜路，跟你婆婆住在地下室的）。

他大樂：嘩，咁好記性（記性真好）。他指向時鐘酒店：嗱，我條女等緊，依家係咁先，今晚落來我鋪頭，久別重逢，飲番杯。一定要來呀（我女友在那邊等著，我先過去一下。他再指一下我手裡的名片：晚上到我的店來，喝酒，聊天，一定要來）。

黑豹是其中一個從來沒有零用錢的小孩。有時候我在士多店碰到他，他就會在旁邊指指點點，說這個好吃，那個好吃，好像店他也有份一樣。如果我聽他意見買了，總得請他吃一點。我記得請過他一起分吃一條用透明膠紙包住的巨型日本香腸，而另一次一人一瓶的喝光特大裝的可樂叫得寶可樂，兩人都差點脹死。

如果沒記錯，初認識他的時候，他不是叫黑豹。這綽號是後來的，套自六六年足球世界盃出盡鋒頭的葡萄牙前鋒尤西比奧。說起來現在的他跟尤西比奧還真像，頭小身大，很黑。我有一陣子常到天文台圍崛頭巷的爛地，跟黑豹一幫玩在一起，到天黑他的阿婆就會來找他回家。後來爛地建大廈，我們就很少一起玩。

我想大概中二之後，就沒見過他。

我連他小時候的樣子都忘了，更不會認出他現在的樣子，只有黑這一點是標

誌，還有他的綽號。從他現在的言行衣著，大概是有點偏門，不過好像活得比我

好。我決定晚上去他的店看看，我用英文對自己說：我又有何損失？

他的店就在尖沙咀。我以為是家小酒吧，一進去才知道是時髦之地，從客人

的衣著可以看出。黑豹把我帶到玻璃隔間的包廂，裡面坐了十幾個男男女女，黑

豹向全部人介紹我：張得志，我書友，高材生。他不介紹其他人，倒了一杯拿破

崙給我，一杯給自己：嗱，係死黨就飲勝（兄弟，乾）。我們乾杯。

他問：地方點呀？（這地方怎樣？）

我說：好靚，你開㗎？（漂亮，你開的啊？）我有點難以置信。

他說：有點份咁啦，老友叫到咪做點囉（有點份吧，朋友想做，我也湊個熱

鬧）。這樣就含糊過去。我們又乾了一杯。

他問：嚮邊度發財呀（在哪裡發財）？

我說我在太古輪船上做事。還沒說完，他就接說：嘩，洋行工，大公司，好

世界啦（嘩，外商大公司，那你可要發財了）。他說好世界啦的時候，向我打了

個眼色，好像說他明白我的財源，但大家心照不宣。我敬他，又乾一杯。

有一名個子小小胸大大的女孩子走進來叫黑豹：刨哥！黑豹站起來，準備走出包廂，臨走指著我對女的說：叫張生，我書友，高材生，太古洋行。我站起來，禮貌的跟那女的握手，自我介紹說：張得志。女的說了她的名字，我聽不清楚，說：對不起，我沒聽清楚。那女的一臉不悅，假假的笑一下，不理我就跟黑豹走出包廂，剩下我對著一票不認識的人。不過，那些人大概也不是一夥的，分幾堆各顧各在談話。我身旁那個中年人好像也不認識其他人，自顧自地在抽雪茄。我坐下，自己再倒了一杯酒，旁邊抽雪茄的突然對我說：你不認得剛才那女的？她就是藍玉媚。我還是一臉迷惘。雪茄人解釋：人哋係電視藝員，仲拍埋電影添（人家是電視藝人，還拍電影呢）。

怪不得剛才我說沒聽清楚她的名字，她就不開心，她以為全香港的人都應該認得她。偏偏我那時候是幾乎不看香港電影，更不要說電視了。回想起來，七○年代的香港片也夠爛。後來出了新浪潮、新藝城、成龍、洪金寶、徐克，我在錄影帶上倒看了不少。不過很多名字還是弄不清楚。記得有一次跟香港人聊天，還把梅豔芳說成梅芳豔。至於電視，我長年不在港，免談。

雪茄人繼續向我說話：你喺太古邊個部門呀，電視都冇得睇（你在太古哪個部門做事，連電視都不看）？

我解釋：我是在太古輪船上做事的，常不在香港。

他興趣提高，問我可曾到過非洲？我說去過，他說：我一年有九個月在西非，不過香港發生什麼事，我都知道，一個人總要有一條根，叫做寄託。

他一開始說話就說不停，理論一大堆，也不管我是否有興趣。後來我才知道他另一綽號是口水黎，又從口水不知如何演變成有色情味的小小黎，不過他最著名的綽號是雪茄黎，他自我介紹的英文名字是SID，姓NEY。我可以認不出藍什麼媚，但我竟然聽過雪茄黎的名字。只要船挨近非洲，就逃不掉會有人說起雪茄黎，就如談到奈及利亞，就會有人帶到查濟民、董子英等名字。

雪茄黎大概發覺我對香港現況知道得太少，反而以香港人來說，對非洲的事算是知道得比較多。可能他明白行船人習慣了離鄉背井，什麼地方都敢去，當晚他問我可有興趣到西非跟他做事。

當黑豹在外面走了一圈應酬完再回到包廂，雪茄黎當眾誇獎我：阿刨，你朋

友見識豐富。

黑豹特別高興，覺得很有面子：梗係啦，我書友，高材生，我地死黨來㗎，依家嚮渣甸打洋行工，叻仔呀（那當然，我書友，高材生，在怡和洋行賺鬼佬錢，我的死黨）。我沒有糾正他說我不是在渣甸，是在太古。我也沒問他，我們算死黨嗎？他的綽號什麼時候由黑豹變演成阿刨、刨哥？

包廂外，兩幫酒客打起來，黑豹衝出去，飛身和其他睇場把場面壓下去，並撳走其中一幫酒客。雪茄黎嘟嚷：冇事冇事，繼續跳舞（沒事、沒事，舞照跳）。

如果不是賭氣去女拔萃旁邊的太平館，我不會重遇黑豹；不到他的夜店喝酒，不會碰上雪茄黎，不會去了非洲。當然，每一步都是我自己選的，我可以掉頭就走，以後的路就完全不一樣。雪茄黎問我要不要去奈及利亞，我可以一口拒絕，不過當時我想：我又有何損失？所以我說可以考慮，最後真的去了。

六年後我終於離開非洲，因為我已經完成了所有的教育，長大成人。三十歲那年，我選擇辭別雪茄黎，去跟隨托圖。

我走後雪茄黎繼續眷戀光輝的日子，在奈及利亞再多待了八年，從一元「奈拉」可以換兩美元，到一美元對一百奈拉，終於徹底失望，才撤回香港。

六○年代末雪茄黎去奈及利亞的時候，當地商圈是江浙幫的天下，在首都拉各斯或夏閣港開廠，製造輕工業品如搪瓷、成衣、皮鞋、電池、紙盒、鐵皮屋頂，供應全國近一億人口，和附近國家如喀麥隆以至查德。其中搪瓷更流行一時，遠到熱帶叢林都有需求，原始部落當它是寶，拿來作嫁妝。雪茄黎認識一個上海幫小開，知道一點關於奈及利亞的情況，就幻想開關處女市場，真的可說是拿著皮包和牙刷就去了。開始的時候很辛苦，沒有資金，只能替江浙幫打工。但雪茄黎的運氣跟奈及利亞同起同落：七○年代油價暴漲，而奈及利亞唯一多而值錢的是石油。一時間跟石油有關的人，那些政府官員和支持他們的軍隊，暴發起來。有本事的當地生意人（主要是中國人）也做什麼都能賺。雪茄黎時來運到賺到第一筆資本。他在不同的廠參股，又做進口，反正消費品供不應求；他包輪船來運貨，進而自己買船。

因為一下子太多貨要運進太多錢的奈及利亞，拉各斯港嚴重堵塞，有些貨船

在港口等了九個月，才有機會卸貨。雪茄黎好像先知一樣，跟港口官員的關係弄得最好，又自組了港口保安公司，駁船隊，卸貨苦力大隊，貨車隊，把廉價的黑人變了有價的勞工，顯示了超人的組織能力。更重要的是，其他商人，不管是做進口還是做工廠，都有求於他，以便貨物能提早從船卸下及運到目的地。雪茄黎不是省油的燈，他知道什麼時候可以張大口亂咬，所以很多華商心裡都在罵這個口抽大雪茄的新發財，但表面卻要跟他做朋友。他家產還遠不如一些大戶，那些傳查、董、李、張等。但他名氣，特別在港口運輸界，卻被吹得很大，變成了傳奇性人物。

我到奈及利亞的時候，經濟還在高峰，但驟變將臨。我不是指政治上的權力更替，那是很平常。自從英國人撤走前，把這塊有二百五十個民族、三個主要宗教（回教、基督教和天主教）和無數原始薩滿宗教的土地，拼湊為一個國家後，政治注定不會穩定。而因為不安定，各族菁英分子皆只顧短期自肥利益，無心好好服務國家。貪汙變成了習俗。只有軍事強人的暴政才可以強勢地威臨全國，直到他被推翻，另一個將軍或少壯派軍官上台為止。

我指的是石油價在八〇年代暴跌。奈及利亞幾乎一夜失去了創匯能力，就如敗家子終於把最後的遺產花掉後，下來就是做乞丐。

七八年時，雪茄黎的財富和聲望如日方中。他有近百項大大小小生意在進行，要我去整合一下，沒有合約的補合約，沒有會計制度的就引進會計。雪茄黎知道他要把文件補好，把帳做對，以便進入下一階段，跟國際的機構投資者打交道。我不想說他是發財立品，因為他自己花很多時間在賺黑市美金的錢，如何把貨運到鄰近國家，以美金結算，把錢偷運回奈及利亞，在黑市變賣換回「奈拉」，再用滾大了的「奈拉」去請工人，買原料和賄賂。

我跟他學到很多。我是他祕書，尊稱特別助理，主要處理文書。但光是在旁邊做記錄，也可以從他身上學到許多談判技巧、生意設阱。

他沒有虧待我，經常發獎金給我。他喜歡去蒙地卡羅賭錢，常找我作陪，跟他玩好像做皇帝一樣。他招待奈及利亞軍政關鍵人物去歐洲旅遊，當然更少不了我這個跟班，讓我看到錢可以買到的奢華。

我的性需求都是去歐洲解決的。聽說除了一些變質的老華僑外，華人是不會

找黑人妓女，表面理由是說她們髒，或太醜，更可能是她們太便宜，去搞黑女人顯得很丟臉。我們在拉各斯歡宴黑人軍政要人的時候，都只請他們來中國餐館吃魚翅鮑魚，從來不找黑女人作陪，因為黑人會認為這麼廉價的東西怎麼可以搬上台來招待客人。要色誘黑人，就要請他們去歐洲找白女人。華人工頭們有需要，也寧願去找進口的菲律賓女人。

可能是因為這種社群成見，開始的幾年我沒有好好地看過黑女人一眼，想都沒想過去碰她們。

到我離開前一年，我的感覺才改過來。我們華人管理層大都是住在城裡依可亞區的「政府住宅區」，即政府官員聚居的地區。而華工們則住在工廠附近的宿舍。一般都不敢亂跑，每天打麻將，或後來有了錄影機就看香港寄來的帶子。老闆的家人則留在香港或洛杉磯。我算是離群之馬，但也不會到處闖，只一個人去較高尚的維多利亞區，到國際級酒店喝咖啡，買報紙，和看我的足球雜誌、紅酒書。有天我在假日酒店，看到一名英國人帶著黑女人上房，我心想那個女的是高級妓女。我繼續喝咖啡，看我的書，不久，那女人就下來，走過咖啡廳，我眼睛

跟著她，心想：這麼快就完事。我突然想，我可以走去問她願不願意再做我生意。不知為何，這個念頭令我有性反應，而在我眼中，她愈來愈性感，走路姿勢、身形、嘴唇，都變得很誘惑。我要很辛苦才壓制了自己不走過去，而後來我懊悔為什麼不走過去。

自此之後，我如開了另一隻眼，看到很多吸引我的黑女人。可惜的是我在奈及利亞最後的一段日子，事情很煩很亂。我一直沒有上過黑女人，除了在我的幻想中。

八三年我已經想著要離開。不錯，雪茄黎是先知型天才。甚至是神，但正因如此，他下面的人都沒有自由意志，只能跟著他的神旨做事，絕不能自作主張。他在從我看來，他生意愈做愈多，根本不可能兼顧，而他還以為自己全知全能。他在非洲的管理團隊，都是香港人，但這些香港人沒有他的直接指示，手指都不會自己動一下，免得多做多錯。更可悲的是，他們也不會主動把問題反映上去。慢慢雪茄黎的整個運作出現很多漏洞。

就算只聽指示才做事，他們還是整天挨罵，因為很難達到雪茄黎心目中的要

什麼都沒有發生　　074

求，尤其是當他的要求經常改變而自己不察覺。雪茄黎罵人的字彙是非常豐富，而且像以油撲火，越罵自己越氣，罵得就更厲害。

他沒有嚴重地罵過我，因為我一般都能令他滿意（也是完全按他的指示去做的）。我真的受不了的是，他每次罵人，都要身邊所有人做旁聽，而我是旁聽次數最多的。雪茄黎出名口水，罵起來沒完沒了，到了最後幾個月，我簡直忍受不了再聽他罵人。我不是給他罵而要走的，我是給他悶走的，給他口水淹得無法呼吸。

非洲我也不留戀。這是一個你不能睜大眼睛什麼都看的地方。你只能選擇性的看、做自己的事。如果你放眼亂看，你會很不安，各種的苦難就在你身邊。你要學會視而不見，無動於衷，打你的麻將，看你的港片錄影帶，日子才能過得下去。

七〇年代初，東部天主教的分離分子成立比亞法拉國，聯邦軍封鎖了那地方，結果發生大饑荒。餓死了兩百萬人。到今天，較小規模的災難無日無之，是一個不可能太平的國家。

我是喜歡英式花園的人，整齊的草地，人為的玫瑰花床等等，一切有秩序、清晰、受控。不過身為香港人，又是中國人，我可以容忍中式山水，峰迴路轉的布局、隨風而擺的垂柳，青苔爬上石階隨意的綠著，有層次的紊亂，不清的水。

我懼怕的是沼澤及熱帶雨林，今天清理好，晚上一陣雨，明天又恢復森林狀態。人為努力留下的痕跡，來不及拍照留念已經給湮沒了，所有的秩序又歸混沌。

沒有東西可以稍微保存：嶄新的房子馬上腐蝕，鐵一下生銹，紅酒隔夜變酸。

當然，我也知道沼澤及雨林有它自己的生態，一對受過訓練的眼睛可以看到各種食物鏈和依賴關係，本可以永續發展，但是我們外人闖進去，不是給吃掉毒死，就是把生態破壞。

奈及利亞已不能回到奴隸貿易者和殖民者未到以前的部落社會，它是一個非洲強國，生態已變形，現代的原始人更險惡。

英國園丁知道管不了，就撒手而去。中國人到此一遊，衣錦還鄉。沒有人可

以阻擋異型雨林的反撲。

奈及利亞黃金機會已失，八〇年代油價大跌後，華商在該處的生意都只是雞肋。早來的一批，把錢轉移回香港；聰明的，也應早點收拾一下，趁好收手。雪茄黎在別人放手的時候，把人家吃過來，趁機擴充。到底是奈及利亞令他有今天的財富和聲望，是西非成就了雪茄黎這號人物，否則他什麼都沒有。所以，他拒絕相信大勢已去，奈及利亞回天乏術。

最後令我下定決心的，還是雪茄黎。當地華商做生意平常是各自為政，但總有些時候，人家以一個族群來看待你，所有華人就逼著坐在一條船上。好像那次沼澤部隊竄進首都，要跟中國人談好處，這種情況，大家就會推雪茄黎做代表，而一般他都樂意出面。

不過那次跟沼澤部隊談判，他一開始就很強硬，有些地方連我都覺得太霸氣了。是他把氣氛推到極壞，高高在上把對方訓了一頓，這些剛離開原始部落穿上制服的人，會覺得受侮辱。最後出現槍擊事件，我可以就此喪命。

我活著，大家可以冇事，冇事，繼續跳舞。但我跳厭了。我以家人不讓我再

留在奈及利亞為理由而辭職，雪茄黎信以為真，勉強讓我走了，其實我也只剩寶怡一個家人。

他當時其實很需要我這樣的助手。那年，他正在推動一生中最大的一個項目，而托圖代表的中東資本也就是答應投在這個項目上。雪茄黎認為奈及利亞雖然「家道中落」，不過很多人的家裡還是有錢的，所謂藏在枕頭底那種。這些都是「懶著的錢」，不加利用則毫無建設性。如果能叫每個人把錢拿出來，集中運用，可以讓市場活起來。若放在急需的基礎建設及工業上，可以為國家創富。

這本來也是銀行的功能。可是當地人對國內銀行和政府毫不信任，不願意把錢存進銀行。所以雪茄黎就想出一個辦法，為了可信性，先在歐洲或美國（最好是歐洲，美國比較敏感）買一家小銀行，然後憑他通天關係說服當權者發一種特殊的執照，認定這家銀行可以在奈及利亞做某種經營。因為法例說不能收存款，雪茄黎就用一招以個人名義開單位基金戶口的方法，去吸收民間的錢。本來應是好計畫，有了錢就可以在當地投資，改善經濟。當然部分錢難免會流到私人手裡，而最後集到錢說不定不投在當地，而投向別的高回報地方。不過當初他規畫

時，倒一板一眼，很有抱負。

雪茄黎花了很多時間推動他這項畢生代表作，連業務都不太管，而托圖那邊也接洽了幾家小銀行，一切等綠燈。

我是第一次不同意雪茄黎的看法。跟他最要好的獨裁當政者布哈利樹敵太多，政權不穩。這種檯面上的項目，太受注意，很難滿足所有既得利益者，不可能人人都分到一杯羹，總是會有人眼紅。就算單位基金吸金成功，各級的貪婪官僚的小動作就更多，他們會滿足於我們給的蠅頭小利？

我們計畫得越好，行銷越成功，民間的錢越願意放進來，我們的風險越大。這點，我都寫在營運計畫書的政治風險一欄裡，雪茄黎也沒叫我刪掉。至於他和投資者有沒有細心看，就不是我份內的事。

我走後翌年，總參謀長巴班紫達發動政變奪得政權，支持他的包括那支沼澤部隊。

雪茄黎並不死心，繼續推動這項目，八年後才承認失敗。

八四年那個星期天上午，托圖在文華酒店咖啡室邀請我同去溫哥華，還花了

一小時來說服我去跟他共事：如何有前途，如何日本人錢太多放手讓他去挑項目。他如何看好亞洲太平洋地區，決定投入休閒房地產業，溫哥華的高爾夫球場只是一個開始，並已經在規畫域士拉一個新的滑雪場。

翌日我們去溫哥華。仲介這個項目的是幾個以前做財務的香港新移民，他們求托圖給他們一筆可換股的債券，所以很巴結托圖，事成他們私人都可以拿經紀佣。合作的條件早就談得差不多，托圖只是例行公事盡責去看一眼。他已委託一名當地英裔律師代表我方，與對方的華裔律師理清債券協議的法律細節。我則和對方負責財務和規畫的成員，把計畫書和財務預估的基本數據和內在邏輯細看一遍，並檢證各種政府批文和公聽會紀錄，開了幾晚夜車。我把看法告訴托圖：

移民加拿大的香港人，選擇去多倫多那邊的，多是壯年中產階級專業人士，他們要找工作繼續謀生，先分期供房子，收入除稅後，可揮霍的餘錢不多。至於溫哥華，許多是帶了錢去退休的，或口袋已經有錢的半退休人士，休閒事業應有可為。我算過，投資在高球場的內部回報率，剛達到我們自己定的最低標準，不算特別肥甜，也不是不能做。當地已經有不少高球場，所以入會費和月費將來也

不可能拉得太高，不像香港那樣。

托圖完全同意，他沒有寄望這項目有暴利，他要把各投資項目做分散式的布局，好像溫哥華這麼熱門的地點不應缺席。

他早已決定投進去。我的報告和許多調查工作只是例行公事。決策者的最終決定往往是主觀的。做最終決定的人才叫生意人。

唯一有點令他擔憂的是，計畫中的球場地中央，有幾十棵老樹，公聽會上有環保團體表示關注。托圖認為在溫哥華，這種事可大可小。他要求把這項憂慮寫在合約裡作為條限，憂慮解決，條限拿走，合約才生效。他把球擲回給那幾個香港中間人。

那批傢伙解決問題的方法，絕非我這樣的人能想得到或做得出。他們其中一人跟當地的消防員混得很熟，是什麼消防基金的副主席。也不知道他怎麼搞，某一晚上，他動員了某一分局的全體消防員，把計畫中高球場上的老樹摸黑全數鋸掉，連根拔起，再用泥土填洞，並鋪上新的草皮。這樣，再不存在環保的對象，也炒不起環保的議題。

行動成功的消息轉來時，大夥正在溫哥華以北約三小時車程的滑雪勝地地域士拉一間大酒店套房內。五個香港人，加上托圖和我，還有七名白種妓女，十二瓶七五年的拉米松奧比昂和兩瓶麥冞級特大號的六一年拉圖。

那五個香港人收到電話後，齊聲歡呼。其中一個對著托圖用自豪的語氣說：條限已拿走。

大家開始敬酒，來回地乾杯打通關。托圖陪大家瘋了一陣子後，就說：紳士們，恭喜，謝謝你們的酒，我明天跟腳踏車教練有早約，我先告辭休息，晚安。

他走出門的時候，我聽到其中一個香港人低聲說：屎忽鬼（馬屁精）。

酒精已經開始作用，繼續是歡樂今宵。十二瓶七五年的拉米松奧比昂由七男七女分喝，本來不多，不知是否乾得太快，十二瓶未完，男的都已搖搖晃晃，而一瓶六一年麥冞拉圖還在兩隻水晶瓶裡，另一瓶在原瓶裡打開了透氣。

其中那個跟消防員熟的香港人，是英雄，今晚可以任意妄為。他拿了喝紅茶用的白砂糖，把糖倒進裝著六一年拉圖的水晶瓶裡，笑著說甜一點更好喝。沒人制止他，都在傻笑。他倒了幾杯白糖紅酒遞給那幾個比我們清醒的妓女，對著她

們說起廣東話：利賓納呀，利賓納呀（香港飲料。「賓」在粵語是指男性生殖器）。

我搶救了他沒有加糖、還在麥能瓶裡的六一年，躲進浴室裡。大概女的供過於求，有兩個手拿紅酒杯跟我走進去。我替女士倒酒，自己卻沒有紅酒杯，而浴室裡的水杯像屠家伯伯裝假牙那種，我不用，拿著麥冧瓶子把酒倒灌進口，將六一年拉圖當作得寶可樂來喝。

我只記得灌了幾大口之後，用最硬上唇的英文說：本來可以再等幾年。兩位女士異口同聲回應說：不！之後發生什麼我不記得了。

回香港飛機上，托圖對這項完成的交易幽幽的說：很遺憾地，他們可能正是合適我們的生意夥伴，很遺憾地。

我最喜歡托圖這種英語表達方式，那種曖昧和機鋒，我靈機一觸隨著用英文說：對，起碼他們把事情弄好。不過，社交上，我希望我們的途徑將永不交叉。

托圖大概頗欣賞我這句，他翻一翻眼說：天不容許，我確實希望不會。

到香港後，我先休養一晚。翌日替沈英潔租了房子，助她獨立生活，跟她說

我要遠行，沒有歸期而告別了這段關係。自己搬到怡東酒店，替托圖籌備香港的辦事處。有人建議設在梳利士巴利道一個新建的「中心」裡，我怕太近尖沙咀，力陳九龍的不是。當然像托圖這類老香港鬼，是寧死都不願搬到九龍，我的話目然聽得進去。我們的日本後台，不願付太高的租金。我們租不起置地公司的物業，又嫌金鐘太新發，終於決定搬至維多利亞公園東側的一幢新寫字樓大廈，以該地區每方尺較低的租金，換取較大的寫字樓面積和有司機的公司車。主管房間還是有維多利亞海景。

我們大部分時間穿梭在亞洲各地。先是坐頭等艙去首都，住進五星酒店。然後坐小飛機、直升機或吉普車，去些偏僻地點。我們主要想開發度假區，在最熱門的旅遊點之外，發掘新的沙灘或山野風景區，再在旁邊建些別緻的精品店式度假酒店。

另一條生意線是在各首都建三星至五星酒店。我亦因此終於正式去了印度的德里。托圖嘗試打破當地的酒店壟斷卡特爾，開一家真的國際水準五星酒店。

托圖是我的文明進修課指導老師，不單讓我嘗到了最好的黑海魚子醬、義大

利白菌、法國鵝肝、日本水泡魚、松坂和美國頂級牛肉、糖心網鮑、暹羅燕窩、還對各類室內精品如廁所潔具、廚房設備、門鎖、燈飾、中東地毯、義大利家具等有了概念。

以一個英國人來說，托圖有這樣的品味和眼睛（也包括舌頭、鼻子），算是難得。不過他會看情況而眼都不眨地說：我有法國血統，我有義大利血統，我上生是日本人，我前世是中國人。

托圖不單是個享樂主義者，表面保持著品味和見怪不怪，其實他更是機會主義者，順勢和應變的投機者。如果當年由他代表英廷到中國謁見滿清天子，為了通商利益，他會要求跟那些乾隆、嘉慶、道光、咸豐等，另闢密廳私下見面，在那裡他會欣然下跪。當然，大庭廣眾時，則要死撐一下面子。軟來不成，也不吝調動炮艦。

現在我們在東亞、東南亞和南亞做不動產開發，各地關卡不同，托圖統統當作不同的遊戲。他在不同地方用不同的遊戲規則做事，該花錢就花錢，該說肉麻話就說肉麻話，他稱此為專業。

我們進場，我們搞清楚遊戲規則，我們有時候順著規則而玩，有時候犯一下規，偷快幾步，有些情況甚至要求遊戲跟我們的規則來玩，那一般是用合約細文的巧安排來設阱。犯規最好是暗的，訂新規一定是明的，無論如何，絕不能沒有遊戲規則。

總之，我們把事情弄妥，目的達到，我們就離場回家。

永遠不要愛上自己的項目，托圖如是說。

我想像我們像兩個騎士，每到一個地方，展示我們的身手，讓人人看到我們的風範，夕陽西下之前，我們就拋下愛人策馬遠方。

有次我跟托圖說起騎士的想法，他笑我太唐吉訶德，而其實我們更像卡夫卡小說《城堡》裡墜在五里霧中的主角阿K。我不認識唐吉訶德或阿K，不過大概有點知道他的意思。我覺得是印度的項目令托圖累了。

德里的所謂高級酒店，又貴又沒水準，但是業者與官員打交道，在印度不論跟哪一級官員交手都是要給錢的，那是全世界最龐大的官僚體系之一，可是拿了錢不保證把事情辦妥。我們花了時間、也花了錢跟官員打交道。新進場者拿不到營業執照。

事情做好。結果什麼都沒有發生。托圖已經找到了地，但他不敢肯定最後會否拿到開業執照。我問他：官員不是說，先給建造執照，待建好後，再看是否發開業執照？托圖說，到時候我們就任人宰割。

我問：那些官員不是說到時候一定按章秉公辦理？

托圖回答：永遠不要相信印度人。

這就是托圖，人生經驗令他心裡充滿偏見。除印度人外，我聽過他說永遠不要相信阿拉伯人、永遠不要相信猶太人、永遠不要相信上海人、永遠不要相信台灣人、永遠不要相信中國人、永遠不要相信香港人、永遠不要相信生意人。最妙的是他有次說：永遠不要相信英國人。唯有那次他還要做補充的說：「太極，我是說真的。」

可信不可信、真的假的，托圖喜保持曖昧。有時候他說：讓我們這次玩公平和方正的，跟規則做事。另一些情況他就說：忘掉那些規則，否則你哪裡都去不了。當他沒有強烈想法時，就說：用耳朵玩，意即睇下點、見機行事。反正，任何討論結束，都得由他說最後一句話，他的智慧語錄。

在他的英明領導下，兩年半內公司由三個人變成了三十多人，每人每年產值帳面上平均五百萬美元。我記得首兩年，我的年終獎金頗可觀。

我的個人戶口開在一家美資銀行，存款來往定期外匯信用卡自動轉帳保險箱都在那，我可以放心走遍世界。

也只有這條線索，我妹妹寶怡追蹤到我。每隔一段時間，我總會去銀行調理一下財務安排，轉一下錢的用途，或用保險箱。這次，一個泰國承包商送了一隻鑲鑽的黃金手表給我。這樣的表我絕對不會戴在手上，唯有放在保險箱。裡面已經有另兩隻鑲鑽黃金表，一隻是雪茄黎送的，另一隻是溫哥華高球場項目成交後，那些香港經紀送的。那天，我用完保險箱，順便在銀行辦些定期存款，那經理就從辦公室走出來說：張先生，你妹妹來找你幾次。

寶怡找我什麼事呢？房錢她早已匯到我戶口，一分不差。我立即打電話，她竟然在家。略說了幾句例行話後，原來是沈英潔曾去過我原來住的地方幾次，碰巧寶怡都不在，留了字，上面寫了電話。寶怡見字條多了，代我回電英潔，兩人碰了一次面。英潔問寶怡我什麼時候回港，寶怡說不知道；問有什麼聯絡方法，

寶怡說沒辦法。英潔很客氣地道謝之後就走了。

我問寶怡是多久以前的事？寶怡說快兩年了。並說：英潔當時好像懷了孕。

上個月，寶怡發覺信箱有一份公文信封，內有港幣三萬元，是沈英潔請寶怡轉還給我的。所以寶怡一直通過銀行這個唯一窗口在找我。她問我怎麼辦，我說，把錢存到我的戶口不就行了。

那是英潔還我借她的六個月房租錢，和三個月的訂金，加共約十釐的兩年利息。她就是這樣清清楚楚，現在我們誰都不欠誰。

她為什麼會懷孕？先不說根本可能與我無關，是別人的。但就算是跟我的話，唯一就是那天在新房子那張還被透明膠紙封住的后級床做愛時，她事前沒有吃避孕藥。但我們不是訂好了遊戲規則嗎？本來我願意用套，她堅持說由她來避孕，這是我們的默契。如果她沒有遵守，追究責任應是在她，不在我。我希望她已經拿掉，不然的話，要養房子，又要養孩子，也夠吃力，起碼要把尾房租掉。

不過這些都不關我事。我已經幫她很多了，又不是我害她懷孕。再說，我也大可不必操心，兩年之間，她有能力把三萬元還我，大概環境已不錯了。

很快我就忘了英潔。再想起她，是十年後的事了。

先說回八七年，我腦中只在想：托圖到底發生了什麼事？

有次在峇里島公幹，他說：我以後在這裡退休。後來我問他：你為什麼想長住峇里島？他說：我有荷蘭血統。又是一個曖昧似是而非的理由。

是印度令他沮喪。那前英國的殖民地，皇冠上的明珠。花了三年工夫後，他宣布撤退。大家都不解。土地都已經投了錢，突然喊停，理由呢？怕拿不到執照。托圖說：就算上蓋做好，還不能肯定是否可以營業，幹麼把好錢掉在壞錢堆？日本投資者方面，有些人因此對他很不諒解，認為他的決定非理性。日本人最不喜歡改變或放棄計畫。

多年後，事實將證明托圖是對的。後來有人在德里投資高級酒店，內部裝修都造好，執照就是發不下來，一直空置到今日。

但以後的對不能改變當時的不歡。日本人對托圖已經有了意見。托圖可能累了，以後的對不能改變時的老了，也可能他真的老了，突然心灰意冷。我見過這樣於事事向一些比他笨的人解釋，股票失敗，意志消沉，健康隨而消失。

的個案，我父親就是一個例子，

我用了幾個月時間，不讓托圖棄船。不過托圖比我快，他知道我藉故去日本見投資我們的財團，就跟我說，他已經跟日本人談好解約，不會改變，我去日本，正好可以幫他去把細節交代清楚，而且，日本人說不定會找我替代他的位置⋯我是其中一個候選人，叫我努力爭取，但他不方便替我說話，以免幫倒忙。

我想，我已經太明顯是托圖的人馬，靠山一走，豈不是任人開刀？日本人一定不想托圖還有勢力在公司，怎會讓我這麼年輕的人做頭？而且，想深一層，托圖一定安排了黃金握手，我跟進不吃虧。

於是我鄭重地對托圖說：你走，我也走，我們是夥伴，共同進退。

他說：太極，不要逞英雄，我今次不是跟日本人在討價還價要手段，我是走定了；你也不用討好我，因為我下一站要去的地方，沒你的份；我是退休去了，以後你的死活，我都不管。

我說：我對日本人和他們的集體開會又感冒又厭倦，讓我先跳船吧！不要拉著我，不要拉著人，我寧死都不再跟他們開會。

托圖這時候才說：如果你真的不想效勞日本人，有個印尼華人巨富一直在找

我，我拖了他好久沒給答覆，我會推薦你去幫他。

托圖仍有想到我的出路，只是他要我先表態。他就是這樣討厭的好上司。當然，他做介紹人之後，對我責任就完了。

他大概拖了印尼巨富太久了，當我終於跟巨富安排到新加坡見面時，他已經請了人，但卻仍把我留住，說托圖先生大力推薦，一定不會錯，叫我暫時彙報給新請的印尼出生的一個香港人，讓巨富有幾個月的時間安排我去做別的事情。

我沒有立即答應，禮貌地說要考慮一下，其實不想當面說不而已。巨富很明顯不甘心得不到他要的東西，我回酒店，就收到托圖的傳真：恭喜，那老傢伙喜歡你，不會接受你說不，暫且答應吧，你又有何損失？反正最短時間內，他就會把你忘掉，順便提：待遇比你我想像中好，或者一切都是在你的小小頑皮謀略之中？

連托圖也當起說客。再說，在沒有更好機會之前，我又有何損失？

我到曼谷報到，見我的新上司，曾跟他共事是我一生的污點。

他姓吳，南洋讀音是哥，英文名哥頓。他喜歡別人叫他哥頓哥，但我一直用

廣東音叫他哥頓，還強調那「頓」字的尾音。

見到他那天，我們都穿了凡賽斯西裝，可說是一見互憎。他指一指檯面一包東西，用南洋口音的廣東話說：上頭俾你（上頭給你的）。他以後有事沒事要壓我，都說是上頭的意思。

檯面上，長方公文信封裝著一盒東西，裡面是一隻鑲鑽的黃金手表。巨富故意要哥頓親自轉給我，以表示對我的器重，讓哥頓知道巨富放了一只棋子在他身邊。

我發覺哥頓在等著看我的反應，我偏毫無反應，若無其事把表放回盒子內，盒子放回信封內，信封放在西裝內袋。曖昧，是我從老鬼托圖學來的把戲。

我輕拍一拍西裝袋袋說：要你嚮耶加達帶返來，辛若晒（煩你從雅加達帶來，辛苦啦）。

他毫無幽默感地用帶南洋口音的廣東話說：佢有俾我，先過你（他有給我，在你之前）。

他用英文補一句：你並非唯一的。

我們注定互憎到底。

我們的任務很簡單；巨富偷運出國的私人錢，說明要投在大陸、曼谷和新加坡三地的地產上。我們只負責投的部分。

問題是哥頓防我之心太重，整天想切斷我跟上頭的直接聯絡，把資訊據為己有。另方面，他認定我是巨富故意安插的，以便日後取代他，無論他對我怎樣，我都會在他背後放箭，打他的小報告，所以他搶先不斷地向雅加達說我的不是。

他跟巨富身邊的人有聯繫，我打電話給巨富，機要祕書常把我擋掉，過後哥頓會跟我說以後要通過他才能接觸上頭，不能越級。我說我的理解不是這樣，他管不了，把他氣瘋。

這是個有油水可榨的工作，太多方面可以汙錢，由定地價的到發包施工，處處是回扣機會。這也是我被派在哥頓身邊的原因，也因此哥頓盡量事事不敢讓我知道。他抱著整個大陸和曼谷線自己跑。只讓我去負責官員難纏的回扣沙漠新加坡。

正合我意，我喜歡清晰的遊戲規則，英式的花園。

可是，當他在泰國為了搶高容積率而碰釘後，又叫我出面處理，說是上頭意思，不滿意現在拿到的容積率。

以往，替雪茄黎和托圖做事，他們雖不是善男信女，我卻未想過會被出賣。

可是現在卻不同，我怎知道哥頓是否在玩花樣害我？何況黑錢這回事，如果上頭不信任你，就動輒得咎。因為就算你實報實銷，他們還是會懷疑你是多報了，給你中間吃了一塊，誰知道最終給了多少出去？

為了小心起見，我用上以前的泰國人脈，找中間人去替我出面。又為了支付中間人費，我報上去的要比實付的大，然而報得太大很容易引起懷疑，唯有用談判來壓縮最終收賄者。這樣時間又會拖長。但時間長一點上頭會忘記，數字太高絕不能隨便報上去，因為一見難忘，成為話柄。

西洋情人節前幾天，他私人祕書告訴我，哥頓訂了十二盒同款的心形禮盒巧克力，用快遞送給他在大陸和曼谷的不同女朋友。我決定不幹了。我怎麼可以跟一個送心形巧克力騙十二個女孩子的人共事。我跟他真的是一個世界的兩種完全不同的人。我最怕花言巧語，他就是一把甜嘴。他裝純情，我最怕別人對我動

情。

要立即離開並不如想像中容易。為了好來好去，我傳真後再原封信寄給巨富。幾個禮拜才有回音。是機要祕書打來一通電話，說巨富授意要等新加坡項目完成才能放我走。當時我正躺在香港養和醫院，受肝炎折磨。我是在曼谷染病的，不想在當地就醫，馬上飛回香港。我實在沒有力氣跟另一個有南洋口音的人在電話爭辯，遂答應處理好新加坡的手尾。

我不用完成承諾。病癒上班後，上頭知道我有離意，派插了一個新人在我旁邊，我趁機把所有事項在最短時間內移交給那個新人，然後再要求提早離開。上頭確定我把要交代的都已交代好，不再需要我。遂同意我走，好頭好尾。

我也毫無留戀。巨富在全世界都有生意，但他基本上仍是一人公司。一個天生特別精明能幹的他，透過董事長辦公室的一票機要祕書、財經分析員和親戚，去控制旗下分散的行業。這樣的組織，成功與否，完全看那強人能否保持英明神武的狀態。我聽說巨富是工作狂，但掛號要他處理的事情太多，所以嚴重塞車。到他回頭注意同一項目時，高高在上的他感覺只過了一天，我們在地面其實如度

了一年。舉個例，他直接領導我和哥頓的項目，但是一年多時間內我只跟他見過一次面，通過幾次電話，還是我找他的。他已經長期處於危機處理狀態，誰擊鼓告狀他就先處理誰，其他不在視野之內都被遺漏。在這樣的公司做事，每天要祈求上帝不要讓他心臟病發。

我寫了一封傳真給托圖說：我自由了。

我收拾行李準備去英國和西班牙度假，卻收到托圖回傳真：太極，若你自由，可到峇里島會我，並在此住一陣子。

以托圖的作風，他寫可以住「一陣子」，等於說可以住滿長的時間，幾個禮拜準沒問題，不然的話他會寫住幾天或住「一短陣子」。於是我改變主意去了峇里島。

托圖到機場接我，還把我抱了一下，這是他以前不會做的動作。大概退休有效。

他在一個小灘邊買了房子，是峇里島式的開放建築，四周是熱帶花草，對去過峇里島的人那種色彩不用多說。

他說：我不懂招待你，甚至不會早上跟你說早安，你就當是自己家。放鬆，要來就來，要走就走，要吃就自己看看在家中能找到什麼，或自己去吃，我不管。這裡生活的遊戲規則是：沒有規則。這是我選擇留在此的理由。

當然他又是慣常的說低行高。家裡食物補充得滿滿，偶然我們還會一起上館子。不過平常時候，他就坐在書桌邊看些古書，我就游泳、睡覺，並到處帶著隨身聽，不斷重複聽著科恩的〈著名藍雨衣〉。

有一、兩次，他跟一批身體健美的峇里島年輕人到山上去，臨走跟我說：房子全是你的了，你做什麼都可以，只是不要燒掉它。

他似乎自得其樂。我覺得有點可惜。以他的身手和在亞洲地區的關係，可以再做十年事，賺很多錢，然而他卻選擇了退休。那麼以前練的一身武功，豈不白練？太浪費了。

有一次，我問他為什麼不再工作？

他答：為誰？為何？

我說：為你自己。

他答：這我不正在做嗎？

他現在所謂工作，是做點地區歷史的研究。我想，只要他還是精神爽利、自得其樂也算了。

倒是過了幾週後，他的態度有變。雖然一般是各顧各，但有一天下午我躺在露台軟摺椅上發呆，他剛好走過，語氣滿重的說：你不成可以去讀些東西嘛，太極。就這麼一句。

於是稍後我摸進他的書房。先看到有幾排小說，什麼康拉德、吉卜林、毛姆、福斯特、格林、納拉揚。我則選了一本《大班》，作者詹姆斯·克萊威爾，感覺上比較有娛樂性。連續多天我都在看它，老外寫老香港，大話西遊，不盡不實，滿過癮。

跟著我又進去找別的書。托圖有許多硬皮老書，頗駭人。我懼怕精裝書，只看平裝本。我注意到兩本歷史書，一是愛德加·史諾的《紅星照耀中國》，另一是約翰·里特的《震撼世界的十天》，我知道最近大家常談到去大陸做生意，說不定有一天我會去，遂決定看史諾。

就在快看完的一天晚上，托圖的說話令我捉摸不到。他好像用了另一種語言一樣，而其實是他的態度令我感到陌生。

他有點生氣的樣子問我：你可曾有過任何激情？

我答：為誰？為何？

他大聲說：你是個白癡。

我不服，反問：你呢，你有嗎？

他繼續大聲說：我曾經有過。現在太晚了。

我真不明白他為什麼引進這樣的話題。他從未談過這樣的題材。我好像在跟一個不認識的人在爭執。

他，不是一直鄙視溫情、唾棄濫情？激情？我一生的成就，就是把情處理掉，不為情所困擾，以保持無牽無掛的自由。

第二天，托圖又跟年輕人上山去。我稍後發覺他留了一字條給我：太極，或許是時候前往你下一個目的地。

托圖下了逐客令。我心裡難過，也唯有從命，並寫了一封感情豐富的致謝函，放在他桌上，然後收拾行李，去坐飛機。

是否我誤解了「一陣子」的長度，超越了我應留的時間？還是談話得罪了他？他在生我什麼氣？

六月下旬回到香港，才知道中國發生了一件叫天安門事件，香港人稱之為六四事件。解放軍開進北京，驅散在天安門廣場示威的學生和市民，死了不少人。據說香港百萬人上街遊行抗議解放軍開槍。當別人談「六四」的時候，我無法插嘴，因為剛好完全錯過了。別人問我感受，我只能說沒什麼感受。

托圖家裡沒有電視，只訂了英文報紙和新聞雜誌，但我都沒有看。印象中依稀瞄到頭版上有學生示威，和軍隊鎮壓之類的圖片，但我沒有去看是哪一國什麼事，反正應該不關我事。我在看《大班》和《紅星照耀中國》。

難道托圖因為這件事生我的氣？他要我去「讀些東西」，難道是指報紙、雜誌？他看我沒反應，所以問我可曾有激情？最後受不了我，下逐客令？

他想我怎樣？去峇里島的中國領事館前示威？還是在他家亂叫亂嚷，哭哭啼

啼？

不可能。托圖什麼時候變得傷感？我所謂傷感，是指英文字「酸的饅頭」，

托圖跟我一樣，最受不了「酸的饅頭」。我們都是喜歡打落牙齒和血吞的硬漢形

象的人。

我不相信托圖竟然會因為遠在中國的天安門事件而來一下「酸的饅頭」。我

不認為我是六四被趕離峇里島。不過除了這理由，還可能有什麼理由？

在香港，連黑豹也談六四。他還暗示說在一項營救民運分子逃離大陸的計畫

裡，他也有點份。

但很快香港又恢復「正常」，香港人變回我熟識的香港人。黑豹介紹了幾個

生意人給我認識，說大家集合力量一起搞新生意，黑豹當然也會有點份。有點份

三個字是他愛用的字。當時，黑豹那群人已開始認為，是去大陸的時機了，因為

現在就去，大陸政府會很感激，以為是支持它的愛國人士，會有好處。很快，陸

續已經有人北上，黑豹一夥就決定把主戰場放在大陸。那段日子，連黑豹都會用

英文縮寫來說市盈率、淨產值、合併收購。他們口邊更常掛著另一英文縮寫⋯首

次公開認股，即「上市」。

黑豹邀我參加他們的集團，並說會給我一些認股期權，到了上市，賺的差價用倍數計算，到時候大家可以笑著離場。

我本來就想去大陸看看，就跟黑豹說，做了再看嘛。

他那夥朋友有些是有大陸經驗的，以前生意都是跟漏稅走私有關，例如搞個酒店項目，以便進口冷氣機和冰箱，然後中途把貨轉賣掉。也有一個在動腦筋把汽車化整為零件，運進內地後再組裝。

不過，這次黑豹一大幫人重整陣容，真的像是有點想在大陸做點合法大事業的企圖心。他們的中心人物姓符，曾在珠江三角洲開廠，嘗了甜頭，有點本錢，在佛山南海頗吃得開，現在更上層樓，把自己從一個開工廠的人，改造成一個懂得利用槓桿原理搞財務工程的金錢人，野心也因此愈來愈大。

他們什麼都想做、要做，碰到什麼都說有興趣，反正說說而已不需要負責。

而各人也各自憑機緣碰到不同的大陸人。大陸人更能說，每個都說有好案子、每個都說認識高層人士、每個都說有辦法搭通天地線，反正說說不吃虧。

我在西非和東南亞新興國家看過類似的一窩蜂情況，許多到頭來是一鑊泡，所以沒有這些初到大陸的香港人那麼興奮。

大概因為我表現謹慎，阿符把最實在的一個案子交給我。

那是阿符的點子。他看到地方上的公安武警可以隨高興做很多事，就想到找他們合作，在鄉鎮公路入口，設立洗車站，派兩個公安截車，強制所有經過的車子洗車，用的是環保理由。他從小鎮小縣市開始，以免引起注意，他稱之為鄉村包圍城市。

我負責規畫硬體配套，流程操作，財務流量，也要到各鄉鎮地方成立公司，部分用人頭，部分用合資名義，但中方只是掛名收點費用。

我們在廣東省做了幾個試點，很有效，每天現金一大堆。

這是我們新集團第一宗真的看到有現金收入的生意，大夥都很開心，決定在最快的時間內，在全國鋪一千個點，把市場占有，以免別人模仿。我在一份風險分析上寫：要鋪一千個點是太樂觀，不是沒有這個需求（反正需求是人為製造出來的），而是一千點幾乎等於一千家跟國內公安單位合作或合資的公司，管理上

煩不勝煩，而我們成功的消息一傳出去，別人就會一窩蜂的進入市場，各地公安也會自組公司，所以，一千點似乎是各種可能性之中的最高點。

阿符說：都寫進去好了，營運計畫書越詳盡越好，等投資者自己去判斷。叫我別過分擔心。

九二年春鄧小平南巡，全國一起向錢看，而土地是新的寵兒。阿符、黑豹的眼睛都盯著地皮。於是我自動請調去搞房地產，反正集團內很多人眼紅我在做的洗車業，巴不得我讓位給他們分一口肥肉，即眼前全國那一千個洗車站的生財大餅。我欣然讓位，投入房地產。

連續兩年，我們踏遍大江南北，能圈起來的地盡量去圈。那些有地的中方單位，也正在找港台投資者，他們當時還分不出我們的集團與新鴻基、長江、恆基有什麼分別。一時之間，我們確實掌握了不少地，北至長春、西至成都、南至佛山、東至蘇州。阿符一直不碰北京和上海，認為北京是天子腳下不好辦事，而上海是上海人的天下不好打交道。他喜歡的是二三線城市如青島、鄭州、長沙、武漢、南京、無錫、杭州、寧波以至中小型如石家莊、邯鄲等。

當上海的地價由九二年初的幾十年不變突然到九四年的天價，阿符的京滬恐懼症受到了集團內眾人的批評。鄉村包圍城市是胡說八道，房地產的要訣是地點、地點、地點。

不過，從後來京滬兩地新房子過剩，發展商死在資金積壓的情況來看，阿符也未必全錯。我是要到幾年後才清楚知道，我們九三年所有的工夫其實是白費的，不論哪一個項目，最後都沒有收穫。

我曾經帶著一個年輕的美國建築師，去看集團在杭州錢塘江邊的一大塊地。那老美勘察一集團內有人認為請外國人比請香港建築師更便宜，事實的確如此。那老美勘察一天後，到了晚上對我說：這是我碰過最大的一項發展項目，如果一生只做這項目，我也沒有遺憾了。一年後他離職，抱著遺憾回美國。

我跟阿符說，那塊是低窪地，有淹水的風險。我跟過托圖去過勘察東南亞許多有潛力的旅遊點，對淹水問題很敏感。

阿符第一次叫我不要把這點寫在報告書上。同時，拜託我盡快把報告用最有說服力的方法趕出來。

他急了，急著要找資金。

不要說阿符，就算整個所謂集團，哪來錢去建設這麼多土地？這些地、這些項目，是要來捆在一起再去找投資者的。所以，參與者如建築師、財務分析員和我，就算薪資再高，也是值得的，沒有我們製造魚竿，魚不會上鉤。

不過，集團擴充太快，現金短缺，若再沒有新錢進來，各案子都快渴死。一方面，一些小額的欠帳還一拖再拖，另方面，人人幻想發財在即，開口閉口千萬億萬面不改容。

集團裡其中一名要員自命是投資銀行家，他告訴我如何三管齊下，縮短發財所需的時間：一、找機構投資者直接以溢價換部分舊股和發部分新股的方法投入集團，是為首次上市前認股；二、以中國概念把有批文的項目包裝好，用可換股的債券在瑞士集資；三、收購一些有利潤的生意以申請上市，或借股上市。在國內，則希望通過特殊關係，由合資夥伴向大陸銀行拿錢做項目貸款。

我也幫著向機構投資者推薦我們那集團。因為托圖的關係，我認識一些做直接投資的基金主管，可是談了一輪後，我怕此路不通。其中一個大家叫黃姑娘的

基金經理，以前托圖有什麼不懂的事都會去請教她，當我把自認為做得不錯的計畫書給她看之後，她說：等你有了賺錢的實業，再來找我吧！只是中國概念，恐怕連老外也不容易上鉤。

我想過告訴她關於洗車站的項目，可是到了九三年底，由於接我手的那批人時間上的失誤，我們的優勢已經失掉。到處都是模仿者，而原來的合資企業，不是給中方吃掉了，就是在跟中方吵架甚至打官司。如常經營的所剩無幾。坦白說，換了我做主管，後果可能也是一樣糟。我沒有任何值得驕傲的項目。我想起那些土地，或在市中心，或在風景區，它們多無辜，為不少人帶來希望，甚至提供過「三通一平」的工作機會，最後官司纏身，產權不明，發展遙遙無期，變成人為荒原。

對這些地方人士引以為榮的好地，我們始亂終棄。

我已經打算請辭，但不便向黑豹開口。很幸運的，黑豹一夥和阿符鬧起意見來，決定拆夥。它們各頭頭之間，本來股權上就不清不楚，糾紛遲早難免，一方面公司缺錢，股東要真金白銀掏出股東貸款，另方面發財在即，內訌意料中事。

黑豹說我可以留下。我說他走，我也走。

阿符找我談話，叫我幫他做事，又提出給我認股期權，我只好用道上那套酸的饅頭，說刨哥和我，小時候有一條香腸也兩個人分吃。這樣一說，他走我走，都不用解釋了。阿符親自送我到電梯，後來還送了一隻鑲鑽黃金表給我。他沒有欠我，喜不喜歡鑲鑽黃金表是另一回事。

黑豹說，他有一幫搞通訊的朋友，想進軍大陸，做傳呼機和大哥大。他在那邊有點份，問我可有興趣去一起打拚？我覺得他們進入的時機晚了，很多撥人馬已經在搶那個市場。黑豹不以為然地說：好的生意總是有人搶。我也覺得他說得有道理。還好，在我答應參加之前，我發覺那通訊集團的其中一成員是哥頓哥。他已經離開了印尼巨富，改在香港混。我們的途徑怎麼差點交叉了呢？我更好奇的是，他跟黑豹共事，下場會如何？我沒有這種自虐狂去陪著他們等看戲，遂推掉黑豹。

兩年後，我聽到有人轉述，黑豹在尖東街上當眾把哥頓哥打到跪地求饒，真是大快人心。理由呢？除了手腳不乾淨外，黑豹找他，他裝忙不見，傳呼他，他

不回電，黑豹他老人家才會親自動手，聽上去十分像黑豹的一貫打人風範。

我其實不介意繼續留在大陸做事。我對大陸那一套已有點頭緒，知道如何應付官員。重點是你必須從他們的角度去想事情，不能只看合作項目的經濟合理性和對社會的貢獻，而是要照顧跟你合作的官員，他們的上級單位會怎麼看，他們的副手們是否都有好處所以沒人會寫黑函，其他單位會不會來卡他們？他們是官，給他們好處，但不要害他們掉烏紗。

更令我喜歡的是大陸女性的進步。她們的進化程度，已遠遠拋離香港。

並不是所有的性都是用錢買的。尤其在北方，女孩子喜歡你，可能是因為覺得你是條漢子，就這麼簡單。性，對大陸女人只是一種兩情相悅的表示。

上海的小姑娘可能門檻比較精，但就是因為她們老實在，所以在沒有風險的情況下，她們也願意偷歡，兩家便宜的老好事又何樂而不為？反正最後還不是為了要出國而嫁給老外？

就算要點回報，也只是意思意思、一種友好表示而已。哥頓哥靠幾盒心形巧克力，就可以在全國各主要城市維繫了一個女朋友網。

我沒有刻意去建網，但如果待久了，我想也會達到一個城市一個情人的水準。一千點是太誇張，在十個八個經常來去的城市設點，是很可為的。不是包二奶，沒有包不包的問題，那女的可以自由去交男朋友，只是我進城後一通電話，她就很自願和樂意的出來吃消夜和偷摸上酒店房。

我喜歡聽各種地方口音的叫床。

當然，每個地方都有貪婪的壞女人，或充滿占有欲的神經女人，但也有不少是因為喜歡你，所以跟你好，嚴格來說沒拿到物質好處（除了吃消夜、在五星級酒店洗澡、一些外國化妝品之類的小禮物），更沒有打算將你綁住。

我驚喜的是這一種。她們才真正反映了中國今日半邊天的自主、開放、變通、無懼、積極爭取快樂。她們早已打破了一般對女性的分類方法。

香港女人已進步到這個地步，可憐香港女人還懵然而未醒。

香港女人獨立有主見、說話硬邦邦、做事拚命、言行中性化、外表新潮，但在性方面，是非常封閉保守的。很多都是長期缺乏性的滋潤，對男人卻仍滯留在理想主義，幻想找一個對她忠誠的男人，不能容忍男人同時有多過一個性伴侶。

所以，香港女人注定失望，注定不快樂，注定沒競爭力。

香港女人各方面都很實在，只是性方面不能面對現實；各方面都很有膽識，就是性方面未能敢作敢為。

好像黃姑娘，學問好、收入高不在話下，人品又高尚，樣子也不差，但從來沒看到她身邊有男人。我敢推想她是長期沒有性愛的。

她如果要找一個完美的老公，恐怕不容易。以她的事業成就和不輕的年齡，香港男人誰敢碰她。就算有敢碰的卻不一定想碰。

不過如果她是要找幾個情人，應不會太難，但好像她這樣正經的香港女人，就是做不出這樣的事。她從來不跟男人打情罵俏，不利用女色做事，完全好像自己是中性一樣。我跟她打交道這麼多次，她都很友善、很專業，其實是知無不言，滿夠意思，但她的熱心和投入是跟女人味不搭架的。

她並不快樂。每個認識她的人幾乎都可以看得出，她的不快樂三字是刻在額上。

許多人慫恿我去追黃姑娘，我能否跟她直說：我只想跟你上床。如果之後還

想見我，每次我回香港都找你，做愛之外，甚至可以做伴，一起去試新餐館，聽交響樂，到峇里島、巴黎旅行，晚上摟著睡覺，你一定喜歡，反正你一個人多難過，我一個人又有何損失，你不覺得這是最完美的組合，比得上你看過任何一份最好的營運計畫？

當你有了其他選擇，只要說一聲，我會識相。

但一般叫我去追她的人其實不懷好意，非得弄到黃姑娘嫁人不快。是這種期待令黃姑娘仍然孤身隻影。

我也一直飽受這些多事的好心人騷擾：總要安排我去相睇（相親）。在公事上碰到的中古女強人，一聽到我是單身，就如獲至寶，每一人腦中皆泛起一大堆她熟識的失婚女人，恨不得馬上拉我去過文定。

我不介意跟她們統統上床，不分美醜。這是我慈悲心的極限，當我可以去救很多女人直到精盡人亡，為什麼偏要限我只照顧一個女人？

這真是香港的錯。我在被熱心人士設計陷我於不義相睇無數次後，才發覺香港有這麼多超齡無性伴的不快樂女人（新加坡也不少），她們學歷高、無不良嗜

113　什麼都沒有發生

好、樣子多不難看。真的，都可以上床。但深知同行姨媽姑姊們的期待，每次我只得保持基本禮貌，談話不痛不癢，應酬到甜品就逃之夭夭下不為例。就算我本來對相睇的另一方頗有好感，即使我們之間本來可以發展一段美麗的關係，也只得無疾而終。真是人力資源的浪費。

黃姑娘，我們香港開埠百年地傑人靈的日月精華，就這樣浪費了。

我沒有去追她。據她一個同事在跟我喝快樂時光小酒的時候透露，黃姑娘是「重傷」的人，雙重受傷的意思。她年輕時候有過男朋友，山盟海誓，後來男友全家移民美國，卻在彼邦娶了外國人做老婆。十年後，老婆撞車死掉，男友拖著兩個兒子回香港探親，大家都以為會跟黃姑娘重拾舊歡，兩人確實碰了面，黃姑娘並去了男友的一些家庭親戚聚會，誰知又殺出黑馬，男友看中一個年輕十歲的女孩……這些都是在黃姑娘事業起飛、成為投資界阿姊之前的史前史。

之後她就掉進那個姨媽姑姊的期待陷阱裡，即那個「你碰她就娶她」的氛圍。事業有成後，更眾目睽睽，動彈不得。她的私生活──我不敢想像她的私生活。

記得有一年到了年底，某大防病基金會惱人的年度餐舞會又殺到身邊。她大老闆的太太剛巧當上籌委會主席。黃姑娘身為老闆身邊最高級的女主管，又是未婚，本來跟老闆娘的關係就難免緊張，現在老闆娘身邊大秀，缺席不光是不給面子，更會惹起猜疑。公司裡，一名善解人意的年輕靚仔新人給她台階，半開玩笑半認真的當眾請纓做她的伴，她卻故作大方公開說：乜你咁冇志氣㗎？人地以為我地兩個姊弟情深添（真沒志氣，人家還以為我們是姊弟情呢）。這樣一點不失身分就擋過去。稍後竟有人提起我的名字，說不妨考慮，據轉述黃姑娘真的好像腦子空白了一下，還詐作聽不到。她大概要認真考慮。那陣子我為公事去找過她一次，也覺得她怪怪的，她對我沒以前的爽快，變得有點客氣。我想她內心在掙扎。我故意不主動邀她，免給人說我拍馬屁，看她怎樣。可惜，她始終開不了口，最後藉口說要陪媽媽去普陀山，沒有參加舞會。香港人聖誕節去普陀山？多爛的藉口！她寧願讓陪老闆娘有不必要的誤會，也不請我。她怕人家誤會我是她男友？怕我誤會她喜歡我？她本來就喜歡我，從她例不拒絕我找她卻每次都只談公事的態度就知道。但她就是怕別人以為我是她男友。是因為我不符姨媽姑姊期

待，還是因為我沒有上過名中學、名大學？想到後一點我才氣：在香港還搞什麼藍血貴族，三代內沒有幾個光鮮。

也僅此一次，我們擦身而過，英文說法是：如斯近，然卻如斯遠。她屈服於人言可畏之下。我們可以說有了發生關係的因，卻欠缺發生的緣。

算是她的損失。

黃姑娘，黃姑娘，什麼時候你才可以豁出去呢？

女人沒有男人，男人沒有女人，同性戀沒有伴，都是人間不應有的慘事。同樣，女人為男人不快樂，男人為女人不快樂，任何一個人為另一個人不快樂，都是不值得的。舉我的媽媽為例，如果她一生只有我爸爸一個男人，而爸爸到了香港就有了新歡，媽媽想不開最後鬱鬱而終，這樣的一生有什麼意義？

我希望媽媽一生有很多男人，把我送到香港後，但願她在上海找到新愛人，在她死前，那愛人還守望在病床邊握著她的手，讓她感到無憾。

我去上海的時候，故意去「故居」憑弔一下，以前叫霞飛路，解放後改叫淮海路。我住的房子，那里弄，已改建成伊勢丹百貨公司。我站在那裡，拚命想擠

出一絲懷鄉思故人的酸的饅頭愁，卻一點沒辦法。根，對我真的是一點沒意義的，裝不來。

我已經沒有任何線索，去問到我媽媽是怎樣的一個人，一生怎麼過。這個帶我來到世界的女人，將永遠是個陌生人。我由衷希望她有過快樂的一生，但我懷疑事實是否如此。

我自己在大陸的經驗一般是好的，主要是因為碰到不少好女人，讓我覺得生活很充實，中國在進步。其中，要直接付錢的是少數，其他都真的是交朋友。由我第一個大陸朋友沈英潔開始，到我在大陸住了三年，從沒有碰到過一個壞的大陸女人。

我還是可以來去自如，無牽無掛，誰都不欠誰，乾乾淨淨，就幾乎證明了大陸今日女性的大方，拿得起放得下。

女性的進化，遠比男性性快。爛的男人遠比壞的女人多。男人爛在一面霸占住女人不讓她另交男朋友，另一方面自己卻可以去找新的女人，這樣的雙重標準。

我心目中的爛男人典型是哥頓哥。他的各種手段，包括心形巧克力攻勢，目

的就是要把女的感情騙過來，讓女的以為他只愛她，這樣才能把女的隔離，不去想別的男人，一心向他，而他就可以換取到時間，轉到別的空間去騙別的女人的感情，這是多自私的劣行。

我跟他是兩種不同的人種。我才不要女人的專情，也不在乎我不在的時候她們有沒有其他男人。只要我們在一起的時候，開開心心就好了。

可是中國真的無奇不有。我在廣州的時候，通過集團內幾個識相的當地員工的介紹，認識了幾個以前在白天鵝酒店做事的女孩子。她們是第一批被招募進去的服務員，都是一等美女。但美女很快被人家挖去做別的更賺錢的事情，所以後來酒店都學會了不再請太漂亮的服務員，以免人力流失太快。她們因為是第一批，也就是改革開放後，幾乎是除了高幹子弟外最早見到外商和見識到花花世界的大陸女性，多年下來，已經閱人無數，不是嫁掉了，就是被人包過，或離了婚，眼界都很高。她們青春漸逝，流落在羊城，高不成低不就，大都沒有正業，每天找人陪她們唱歌跳舞。別人也休想占她們便宜，給人占便宜的日子早已過了。我雖未婚，她們都不視我為結婚對象，因為嫁給香港人要等七、八年才能來

香港，她們沒有這樣的耐性和青春。她們要找的是有外國護照的任何種族的人。

而我，是請大家去開心唱歌跳舞的高級港燦。她們知道我不算真的大款，但付起帳滿大方。我們常去一家外資五星酒店兼營的俱樂部，面積頗大，有唱歌包廂，也有輪著唱的卡拉OK大廳，還有表演廳和迪斯可。通常我們男男女女八、九個人擠一個包廂，她們也熟到不用裝樣，搶著唱歌。我是不唱的，只有坐在旁陪聽。如是幾次後，我已感沒趣。有趟，當她們第二次唱〈瀟灑走一回〉的時候，我耐不住，走到迪斯可那邊，找了一小高桌旁的高凳坐下，瞄瞄新面孔。大陸人還很喜歡跳舞，舞池擠擠的。亂光中我看到一個女孩子，像極了桑雅。如果你問我記憶中的桑雅是什麼樣子，我就說是我眼前那女孩的樣子，但若你問我肯定她就是桑雅嗎？我卻不敢肯定。桑雅應已三十七、八歲，這女孩只有二十七、八，而且腳一點沒事。但作為桑雅的女兒，卻嫌太大，說不定是妹妹。我不禁努力的看著她，她大概也看到我，跳舞動作突然加大，像在表演一樣，跳得很好，可能也是什麼文工隊歌舞團之類。她眼睛瞄著我，身旁一起陪跳的兩個男人也注意到，一臉不以為然的樣子。音樂轉節拍的時候，那兩男拉扯著叫她走，她抖開男

的，走過來我這邊，一把坐在我的小高桌的另一邊，手托著頭，眼睛卻不看我，像發噍的用帶北方或四川口音的廣東話說：依家捨得返廣州咩（終於肯回廣州了嗎）？

我不太理解她那話的用意，只含糊回了一聲嗯。不過我已肯定她不是桑雅，因為桑雅的廣東話是道地的。我好奇地問她：你識唔識一個叫做桑雅㗎女人呀

（你認識一個叫桑雅的女人嗎）？

她一臉驚訝的表情，卻不表示她認識桑雅，而是她認人。她向我表白：對不起，我弄錯了，以為你是另外一個人。她這時才追問：你剛才說什麼？

我重複：有個叫桑雅的女人，現在應該三十七、八歲了，會不會是你的親戚？

她問：她姓什麼？

我答：不知道。

她說：對不起，我不認識。

我解釋：你跟她樣子很像，幾乎一樣。

她有點尷尬說：是嗎？

我問：你剛才跳得很好，你是歌舞團的嗎？

她說：不是。

她又說：如果你不說話，我倒把你認作別人，你跟他也很像。

她補問一句：你識唔識哥頓哥（你認識哥頓哥嗎）？

簡直是晴天霹靂，她竟錯認我是哥頓哥。

她繼續還要強調：佢係印尼華僑，同你真係好似㗎（他是印尼華僑，跟你真的很像）。

我馬上聲明：我不認識。

她回頭看到同來的那兩個男人還在等她，對我說：對唔住，我過返去先，一陣見（對不起，我先過去，待會見）。

她怎麼可能搞錯我們兩個人？不錯，我那段時間集中穿凡賽斯，因為要讓那些落後地區人士看得出我穿的是名牌，哥頓則從來只會穿凡賽斯。我們的髮型相同，皆戴金絲邊眼鏡，把保養算進去年齡看起來差不多，就此而已。到此刻前，

我從沒想過我們顏像。他比我穿高跟鞋，可是他現在是坐著；他比我黑，但在迪斯可燈光下難分得出。這個女人可能吃過他的心形巧克力，而後來哥頓好像失蹤一樣不再找她，她才會一開始的時候把我當作哥頓來撒嬌。我怎樣才能告訴她，我跟哥頓是兩種人種，我從不送心形或其他型的巧克力給女孩子。她會懂嗎？說不定她收到巧克力時還以為自己很幸福，而我則連這點幸福的幻覺也吝嗇。

我回到包廂裡，腦筋還沒轉過來，她像桑雅，只可說中國人太多而人有相似。有人說北方許多人像鞏俐，就是這個意思。但她竟認為我像哥頓哥而不是她表哥，就太不可思議了。

閃過我腦中是一個念頭：別人會這樣看我跟哥頓，認為我們很像嗎？兩個高薪雅痞、高級華人、醜陋的香港人？我強烈答覆自己：不可能。

我看到包廂玻璃門外，那個像桑雅的女人在探頭張看。我走出去，她見到我滿臉笑容，把一張字條塞在我的手心，並說：你唔話我知你叫乜名，我就叫住你做哥頓哥。得閒記得搵我，哥頓哥。說罷她就走了（你不告訴我你的名字，我就

叫你哥頓哥。有空找我，哥頓哥。說罷她就走了）。

我打開字條，當然是名字和電話號碼，她的名字，很抱歉，是「虹虹」，一點不像什麼桑雅、娜塔莎。

那張字條我隨即丟掉，好像怕留著就會搭上這條通往哥頓的女人線。

所以當黑豹又跟哥頓掛上鉤，我有陰魂不散的感覺，怎麼他總是纏上我的世界。想起來，倒是黑豹跟哥頓滿像才對，兩人皆特別眉精眼企，身光頸靚（機靈精明，衣著光鮮），皮膚黝黑，四肢發達。不過他們的像，也止於外表而已。

我推掉參與中國通訊大業的機會後幾天，黑豹又幫我安排了去見另一家他有點份的公司的老闆。我是這樣最後來到了台灣。

台灣人稱他為馬董事長，或簡稱馬董。他在台灣泡沫經濟高峰的八〇年代後期，就跑到那邊，賺了不少錢。他用多家不同公司的名義，在台灣北中南開店炒外匯，走在法律邊緣。整套方法是學自香港外匯炒家，客人把孖展錢匯至澳門，他做莊，多數時候他和客人對賭。他眼光獨到，以前自己看大盤，對賭贏多輸少。那些客人大多是散戶，玩不過他。台灣人愛賭，輸走了一批，又來新的一

批。萬一他虧大了，就把店關掉，換個陣地，轉個名稱。反正馬董自己不出面，都是找人頭做公司負責人。

這樣的炒外匯公司在台灣據說有幾百家，其中有不少是香港人在操作，馬董是做得最好的之一，各店的門面金碧輝煌，氣派十足。九七、九八年亞洲景氣不好的時候，別的行業都很困難，唯獨炒外匯公司好像還是活得好好的。

馬董每天午才起來，周旋老婆和情婦之間。然後去三溫暖做馬殺雞。晚上跟朋友一道吃飯。再去喝花酒。一邊摟著女人喝酒、猜拳、玩骰子，一邊正式工作，用手提電話問行情，然後吩咐手下指示今天的大方向，就可以收工。除非有突變，否則手下主管不會找他。他就繼續喝到醉倒為止。

他的喝酒朋友都是別行別業的香港人，所以在台灣，他在商界的知名度不高。除了夜生活圈的媽媽和小姐幾乎無人不認識他外，生意圈一般弄不太清楚他是誰，有沒有錢，如何發財。這是一種生存之道。

因為他有眼光，每晚那幾句長短吩咐，就可以供他長期揮霍。

當然，偶一發生的市場驟變，他也猜不到，就會有虧損。好像九七年底台幣

大幅貶值，馬董有點措手不及，因此要收掉一兩家店，那些店的負責人都要離開

台灣避風頭。不過馬董整體實力應還在，新的店又開起來。

炒外匯非我專長。九四年底黑豹叫我去找馬董，是因為有次他們一起喝酒，馬董說要多元化，想經營一些別的實業。黑豹跟我說，馬董多年來，賺了不少，想分散一下投資，一定要拉著黑豹合夥，黑豹如果不拍胸脯，馬董也不敢做。黑豹只好同意，在馬董的新事業裡有點份。

他們即興想了兩個主意，一是去菲律賓在美軍撤出的蘇比克灣發展；一是做大陸人出國到泰星馬的旅遊團。都是嘴巴說說，要我去落實。

我一直弄不清楚馬董真正的想法。他好像不很積極去推動，每天照樣只在晚上打幾個電話就當做完一天的工作。平常也不談這些新計畫，只有在黑豹來到台灣大家喝酒時才聊幾句。

但同時他付我高薪，把他一幢不錯的房子給我住，任由我做些什麼，隨便我去菲律賓或泰星馬。

然而我的報告他都好像沒有看。例如我認為既然帶團去了泰星馬，大陸團員

一般都會備了現金和一張很長的購物名單，我們應在各落腳點開專賣店，特為他們量身訂造，只賣他們想要的東西。舉例說，那些男人都喜歡買鑲假鑽的黃金色石英表，我們就應自己入貨，成本便宜，利潤很高。肥水不流外人田。

報告早已給了馬董，但他一直沒反應。我要趁黑豹來台和馬董喝酒的時候，重新口頭提出，大家一致認為是好主意，我才進一步去安排。

馬董最喜歡我陪他去些台灣叫酒店的夜總會喝酒，大概是我夠體面。如果我把女人帶出場，他更高興。但生意方面，我看他猶豫不決。外匯行業到底不算合法行業，但投在新事業，他又不懂，的確是兩難。

慢慢我也領悟到，馬董的生活形態和做事方式，只適合炒外匯。做其他行業，恐怕他還不適應，勉強而為，不會做得好。

我跟他提說放棄新行業，他又不願，拖拖拉拉的，跟他做外匯的果斷，簡直是兩個人似的。

我變得很閒，但再閒，也受不了每天陪馬董去鑽酒店、玩猜拳骰子、喝威士忌加冰水。我也不需要這樣子找女人。我有固定的幾個直通電話，乾脆召回家解

決，乾乾淨淨。日子開始有點難過。

蘇比克灣和大陸旅遊團兩大項目一直光說不練，放在一邊。馬董旁邊卻有很多人出主意，開港式海鮮館、葡式蛋撻店、泰式魚翅酒家、鋼琴吧、紅酒吧、雪茄吧。這些插花式小投資，馬董很爽快。他本來就愛玩愛熱鬧，夠四海，投與不投對他來說跟喝幾頓花酒差不多。我知道他有閒錢，對短線可以回收的生意，他不怕投，但對長期經營的項目，恐怕不是他要喝的酒。我不勉強他。

這類小生意的合作細節，在他拍板後，就叫別人把窗口對我，讓我把所有跟進的事情全權做好。所以，人們把我看作馬董的第二把手，都兼捧著我，張總前、張總後，雖然在名片上，我掛的是馬董一家香港公司的總顧問，不是總經理。

我也破例在其中一項小生意裡有點份。九○年代中，紅酒在台灣開始流行，一幫人說服馬董做紅酒生意，進口法國波爾多。他們知道我的紅酒知識豐富，其中幾個人還是我教會他們喝紅酒，認我做老師的。所以在人情難卻下，做了一份，占股份十分之一，是沉默夥伴。我完全不去管。

台灣人做什麼都是一窩蜂的。九八年進口的紅酒，遠遠超過需求，酒市崩盤。我們的投資泡湯，有些酒還放在海關不敢去領，經過炎夏，大概都已經變醋了。這些錢我是無所謂，只懊恨自己不夠堅定，違反了自己絕不跟人合夥投資的原則。

我對任何事，都不要有長期綁住的感覺，免有所牽掛。

在追隨托圖那幾年，我已經完全弄清楚我想做個怎樣的人。

我不是雪茄黎、阿符或馬董這種創業家，不像李嘉誠以至那些小企業主、小老闆，或是那些在股市、樓市打混的人，他們是冒險家，共同點是願擔風險，我尊稱他們為生意人。

我屬於另一種人，同樣對香港資本主義有貢獻。我的榜樣是托圖，一個專業經理人，我的同類是投資基金的黃姑娘，當然還包括哥頓哥、那些銀行管信貸的、做股票承包的、投資銀行家、會計師、律師、建築師、財務分析師、各種專業經理。我們講英文，會寫字，懂得看資產負債表，可以在電腦上寫營運計畫，理解什麼叫內部回報率。我們看合約時會去看細文。

商人、生意人，古已有之。我們這樣的人，才真的是現代產物。古代讀書人，包括紹興師爺，都是為朝廷服務，是官本位，而我們是寄生在資本裡，是商本位，但本身不是商人，是幫商人忙的人。

我們都是第二把手。

香港盛產我們這樣的人，構成香港的比較優勢，它的繁榮安定。

我們喜歡按遊戲規則做事，但隨時可以破例。

我們用理性去幫公司達成目標：賺錢、占有市場、建立品牌、合併收購、上市，不管是用什麼手段。

我們不會被一些非理性的感情、喜惡、價值、對錯好壞所牽制。

我們有些人為一個老闆做事，有些為一家公司，也有些只提供服務，但都是在「為人做事」，用別人的錢。

我們的專業技術，令我們去到世界各地都有價。我們不會介入當地的政治、社會矛盾、文化衝突，我們是去賺錢。

我們都是國際資本的香港的雇傭兵。

為誰？無所謂。

為何？錢是重要因素，另外是喜歡自己的專業形象。我們都愛上自己。

我們之中，做得最好的，反騎在商人之上，被稱為「宇宙之王」，也有搖身做上了原英資公司的大班。其他的大多數，是打工皇帝，也是使香港成為金融和服務中心的功臣。

香港不能沒有我們。

我們沒有白拿高薪。

我們進場，我們把事情辦好，我們離場回家。至於離場後，出現什麼爛攤、後遺症、原始森林反撲，就不關我們的事了。

我們總是理直氣壯、心安理得。

起碼，我是如是想。

我比很多我的同類更堅守立場：不搞小生意、不合夥，也不投錢在老闆的生意。

我喜歡保留乾淨離場的自由。

八〇年代有些公司發出員工認股的期權，就是為綁住像我這樣的人。不過，

以我碰見的亞洲公司來說，除非上市，不然認股期權大多沒有意義。這些公司本來就是老闆說了算，不喜歡你的時候，你隨時要走路。而且，部分公司本身結構不清楚，股權亂七八糟，這類公司給出什麼期權，也別夢想會實現。

我只趁年頭好，先索取高薪，多拿年終獎金，事成起碼有鑲鑽黃金表。到年頭不好，已經拿了的好處也不用吐出來，這才最實際，也是做員工的最大好處。

沒有錢萬萬不能。我們這一代小的時候還體驗過一點貧窮，不能學嬉皮唾棄物質。我們沒得靠國家福利，也不能輕信陌生人的仁慈，只看自己。

我的生活質素物質享受，花掉不少錢，但都是以自己專業能力換取薪資及獎金，心安理得的乾淨錢。我是這樣以為。

剩下的錢，一般像我的人會放在股票、地產和不同投資項目上，至少弄個自己的物業，而我卻買了紅酒。在奈及利亞時，跟雪茄黎去過英國的紅酒拍賣會。

以後有了代理人，經常跟他用傳真保持聯絡，他提供資訊和作出推介，我給他一個定價，他幫我去拍賣會出價，拍到後我匯錢給他。這麼多年來，買進比喝掉快，累積了七百瓶，大部分是波爾多，也有少量的羅曼尼康提拔根地，皆儲存在

倫敦的專門酒倉庫。我每到一處做事，確定了要定居一陣子的話，就會指令酒倉運幾箱到新住址，收到後就不吝亂喝，到要離開一個地方時還喝不完，就慷慨送人。

我沒打算存酒升值，因為我根本沒興趣以錢賺錢，累積財富。我認為錢賺來是要花的，酒買來是要喝的。人家說投資要「流動」，我完全投在「流質」，我希望我臨死前，剛好喝完最後一瓶藏酒。

我也沒有累積事業，或想去學李嘉誠、霍英東。我由一份工作跳到另一份，真的是隨遇而安，也碰巧香港經濟的長期膨脹，我這樣的專業人不愁沒事做。我們這一代很多人不知道什麼叫失業。

以前義勇軍常說：滾石不聚青苔，意思做人要專注、守陣地、不要變來變去、三心二意。義勇軍做了一輩子青少年工作，又怎麼樣？我每份工作都很努力，但卻常轉工作，就是怕聚青苔，不乾不淨。我是立志要做不聚青苔的滾石。

像我這樣的香港人，選擇太多，轉變太容易，沒有一條路是非走不可的。我要的是自由，隨時轉軌道的自由。我現在活在這邊世界，但我可以拿起皮

箱就去了另一邊的世界，從此和現在的軌道不交叉。

我在西非，是生是死，香港有人關心嗎？或若沒有碰上雪茄黎，西非世界又與我何干？如果我長住峇里島，北京天安門對我來說是不存在，正如我四歲坐火車到了羅湖，大陸已不存在。

我可以活在任何一個世界，只看我一些偶遇和抉擇，那些「我又有何損失」的衝動。

我少轉一個身，就碰不到義勇軍和黑豹。是我自己要轉那個身，而只要一轉身，我可以拜拜那些原始沼澤部隊、貪錢的東南亞官員、喝土酒的鄉鎮土佬，或最老土的哥頓哥。

我沒有必要也沒有人可逼我左轉右轉，向前向後，完全看我自己。

這就是沒有根的好處。

我對財富、事業、工作、物質享受的態度，與我對感情、地方和過去的感受，完全一致。不管發生什麼事，都不關我事。沒有事情可以影響我。冇事冇事，繼續跳舞（沒事，沒事，舞照跳）。

感覺如何？感覺如何？只是靠自己，沒有回家的方向，像個全然陌生的人，像顆滾石。卜戴倫這樣唱。

拖到九七年中，我跟馬董說既然沒事可做，他不必付高薪養我，等他有需要再找我好了。

可是他偏不放人，還說他是認真在考慮搞新生意，做些實業，好在台灣上櫃上市。

過幾天他送了一隻鑲鑽的黃金手表給我。

我本來沒想過回香港，但聽說七月一日後，酒店很多空房，價錢特平，遂買了一個機票連酒店套餐往香港轉一圈。

我特意跑到山頂看風景。回歸已完成，冇事冇事（沒事沒事）。香港真是福地，我們一代人都沒有吃過大苦，過了快五十年的好日子。比較一些我去過的地方，奈及利亞、中東、東南亞、印度、大陸、台灣，香港簡直是風平浪靜，什麼都沒有發生。如果把這些地方的歷史拍成故事性的電影，香港的劇情一定最淡。

我們好像活在歷史的最後一章，意識形態競賽的終點，還可以發生什麼？

我想，如果我二十多年來一直在香港，不到處走，會怎樣？我可以想像自己好則住在港島南區淺水灣、舂坎角之類，每天早上由司機開著黑色町姆娜房車，送我到中環上班，沿途我看《南華早報》……不知為何，我想來想去只有這些分別而已，其他的生活我現在也不缺。

我甚或會擁有一艘義大利製造的遊艇。不過現在夏天回香港，很多人搶著找人去乘他們的遊艇，是不是自己的，沒有差別。

我真想不到我還有什麼欠缺。

我堅決相信我的滾石人生觀是正確的、高明的。

看其他同齡的人，步入中年後，煩惱甚多。

有些婚姻出現問題，有些為新感情所困。有些不活在這一刻而只顧累積者，面臨健康瞬間離你而去的戲弄；期望自己資產和香港一樣天天向上者，恐怕有朝一日好景不常，希望越大失望越大。

快樂是：什麼都沒有發生。

也有剛好相反的，有些因性源不足而心癢，有些只有一個伴侶（甚至沒有伴

侶），在懷疑自己錯過了什麼。有些一輩子只做一份工作的，會擔心好的機會是在別的界別行業裡；有些移了民或固定在一個地方的，會以為真的生活是在另一邊世界裡。

不快樂是：什麼都沒有發生。

他們活在兩難中。有時候想想，人生苦短，青春易逝，不如及時行樂，嬉戲度日，但午夜夢迴，又怕浪費時間，蹉跎歲月，到頭來一事無成，晚景堪憐；一邊覺得自己玩得不夠徹底，為實務糾纏未能放縱盡歡，一邊怨自己未能盡力工作，經常貪逸樂而沒榨乾自己投入在事業上；同時盡做盡玩，有這樣精力的有幾人？要透支精力，就要做運動打坐，結果每天花時間去搞好身體使自己能減少休息時間換取多點時間去做去玩；還要記住不能暴飲暴食，否則前功盡廢；這時候有人會說，我們中國人講中庸之道，但大夥的問題正因為太中庸，想玩的東西太多沒精力去玩，想做的事情太多沒時間去做。霧數煞。

只有好像我，心無牽掛地活在這一刻，沒有必須做的事，也無事不可做，沒有想玩的，也沒有不可玩的，遠離一切是非，才可以不論發生什麼，或什麼都沒

有發生，皆無所謂，故亦無煩惱。我這超越的境界，是發生什麼都不能影響的。

我隨時可以死：這是最好的證明。

回歸兩週，我回香港，去銀行把馬董送我的鑲鑽黃金表放進保險箱後，正準備開始我例行的巡禮式逛街，第一站是皇后大道中的連卡佛，然後轉去置地廣場。

當我沿畢打街右轉皇后大道時，忽然有拉肚子的感覺，遂決定改去文華酒店閣樓的廁所。在我轉回頭之前，我看到皇后戲院前停了一輛黑色町姆娜房車，有一個穿西裝但樣子仍很大陸的男人，開車門給一名豔婦，從側面看，那豔婦很像桑雅，連腳都給我有點微跛的感覺。

車子朝西往上環方向開去。

我沒放在心上，朝東過畢打街馬路，走進置地廣場，坐自動電梯上二樓，利用行人天橋由歷山大廈跨到太子大廈一樓（香港的一樓，即二樓，地面叫「地樓」），本來可穿過另一行人天橋直達文華閣樓，但我想起要去卡地亞領回在換皮帶的派莎鋼表，而肚子也好了一點，可以等待，遂走到地樓，去了卡地亞地

鋪，可是店員馬上告訴我皮帶貨未到，還沒換好，要明天才有，我就抽身出了卡

地亞，正在等機會穿過遮打道去馬路另一邊的文華酒店。

這時候那輛黑色町姆娜房車，不知怎的這麼久之後又從干諾道開進遮打道，

朝我站在位置駛來，車子停在我前面，窗門絞下，那豔婦伸頭出來，正是桑雅，

比當年老了，但毫無疑問是她。

她朝著我，用力向我吐了一大唥的口水，然後就絞上窗門，車子開走。

我自然反應往後一退，口水沒有沾到身上，卻掉在我右腳皮鞋尖上，那是一

對邱吉爾斯的翼尖形皮鞋，鞋頭端有很多裝飾性的小孔，桑雅的唾沫就淹滿了幾

個小孔還在氾濫。

我第一個反應是，千萬不要小看女人。上次還聽說借了高利貸要避風頭去了

大陸，現在坐町姆娜房車，而我滿肯定她穿的是正牌香奈兒。

第二個念頭是把時空合理化一下：她的車子本來是要向東去灣仔那邊，但皇

后大道單程向西，所以先開往上環方向，幾經塞車才找小路右轉再右轉地拐進干

諾道，又被畢打街的紅綠燈擋了一下，所以剛好待我在遮打道等過馬路時，車子

才駛經我。

我邊計算，邊去到文華閣樓的廁所。在抹掉鞋上的口水時，我才懂得有點生氣。

我跟她結了什麼怨？她在怪我什麼？

那次她欠人家錢逃跑了，黑豹後來跟我說，因為我出面擋了一下，所以擔子落在我身上。不過他跟放款的人說，給他面子，要我只還本金，不算利息。

當然，黑豹加上一句，如果我不願意負責這筆錢，只要黑豹在，放貴利的人也不敢對我怎樣，因為如果他們找我麻煩，黑豹不會袖手旁觀，他說我是自己兄弟。

我不想欠黑豹太大的人情，另外也很體諒那斯文戴眼鏡的收數佬，他有他的行規，我不想讓他難做人，所以沒吭聲就付了一萬元。其實我出手幫桑雅（是為了討好沈英潔）時，已知道充其量風險是三萬元而已，絕對在我能力範圍，若數目更大，我也不會逞英雄。

這件事我沒有跟任何人提起過。現在桑雅不單止不領情，還一副不悅我的樣

子，這算是以怨報德，還算是送我的回歸大禮？她對我有誤會。

我平常如廁給兩元小帳，今天多功能，給了五元，廁所阿伯千多謝，萬多謝，令我對香港五十年不變恢復一點信心。

我走到皇后戲院側巷，找人擦皮鞋，就在這時候，我做了一個決定。

我去找私家偵探，幫我調查從八四年分手開始，沈英潔過的是什麼生活。我特別強調細節要豐富，要細說從頭。我花錢就是要聽故事。

英潔至今還住在我幫她租下的房子，這令調查容易。

更幸運的是，偵探找到住在同一大樓的一位舞小姐，曾經是英潔的房客。

英潔搬離父親家後，發覺自己懷了孕，不知為何沒有把小孩拿掉，也不另搬小一點的房子，住進我替她拿主意租下的地方，把其中一個房間租了給舞小姐。

在我細問後，偵探回去再查，才肯定了英潔雖是房東，卻和小孩住尾房，把大房和后級床都租掉。

英潔在家裡替附近小學生補習，後來兼做翻譯工作，坊間有幾本兒童書和商戰手冊都是她譯的。

舞小姐住了七、八年，才跟朋友在同一大樓租了另一個單位。之後英潔就再沒有分租，自己搬回大房，小孩住尾房。環境算改善了。

她好像一直沒有別的男人。

我真難想像她會在這樣的房子住到現在，而且一直沒有男人。如果真的話，已經十三年沒有跟男人睡覺，這樣的日子怎麼能過，真是不可思議。以她的姿色和人品，不可能沒人追求，能吸引我的女人，差不到哪裡。是什麼令她拒絕男人？這個問題，偵探答不出來。我希望是偵探功力不足，查不到而已，實況反是英潔一直有性伴侶，而不是一個這麼好的新中國女人退化變成香港女人。

偵探說英潔的孩子很會唸書，最近還拿獎。偵探給我看剪報，是《南華早報》的學生學能比賽，英潔的兒子拿了初一級的獎，還與其他得獎者合照刊在報上。

偵探用尾指點一下其中一男孩，意即就是他。報上用英文寫的名字是沈張，不知哪個是姓哪個是名，但他不可能註冊到我的姓，所以一定是跟母姓，姓沈。

我看他的樣子，有幾分像英潔，但那副神氣，既不來自英潔，也不是我的，

是一種我們兩人都沒有的高傲。我一看就不喜歡他的樣子，立即感受到我跟這個小孩是合不來的，他是那些自以為是的網路年代小魔怪。

我問及英潔和小孩相處如何，偵探又答不出，不過我還是付足錢給他。

幾天後他來電，說他又回去再問了，孩子小時候脾氣很拗，並不討人喜歡，不好管教。鄰居常聽到英潔放喉嚨罵孩子，氣到追著打孩子，而孩子也嗓門特大，不論哭或駁嘴，都很刺耳，鄰居都不喜歡這孩子。不過，這兩年突然安靜了許多，兩人好像找到相處之道，不常吵架了。

跟我想像接近，那孩子是討厭但聰明的小魔怪。希望英潔不是聽覺衰退，所以要提聲說話，而後來實在太聾，索性不吵了。

我感到無限歡欣，英潔真是個了不起的女人，願意冒險，勇於承擔，沒有離場計畫就放棄別人替她安排的安定，一個人過獨立生活，撐一頭家，帶大了小魔怪。現在終於順景。

她是我一生最喜歡的女人，跟她不光是在性方面滿足，而且在一起的時候很舒服自然，哪怕是聊聊天、睡睡午覺、吃東西。

我喜歡她不囉嗦，跟我要好就要好，事後毫不拖泥帶水。

當然，很快我們就生活在不同的世界裡，她對我來說是不存在了好久一段日子，但當日因為買咖啡黃糖的機緣，認識了她，和她有一段緣，也是我生命中美好的小插曲，我雖不留戀也不會否定。

如果桑雅不向我吐口水，英潔不會回到我意識中，她的一生也不會有人呈報給我。現在她又存在了，而且很奇怪的，在九八年七月一日早上，觸發了我一個新主意：我決定替英潔的小魔怪兒子沈張設立一個美國留學基金，如果沈張真的像今天看來有啃書本事，他就有資格拿到我的錢。他要很出色才能攀過我訂下的門檻。

我很肯定，英潔就算再努力去補習或譯書，大不了有能力讓沈張在香港上大學，但絕不夠錢送他去美國。我以最貴的史丹福的費用來作基數，每年學費兼加州生活費為五萬美元，四年是二十萬美元。只要沈張考得上史丹福或我選定的十家美國大學、三家英國大學的任何一家，錢就是他的了。

英國費用比較低，所以若能去牛津、劍橋或倫敦大學，就算他撿了便宜，二

十萬美元照樣給他，以鼓勵他選英國。

我整個早上一直在盤算的是，哪十家美國大學呢？是否包括所有常春藤的呢？這樣除史丹福是肯定的另一家外，在加州大學柏克萊、芝加哥大學和哥倫比亞大學之間，我要有刪選。又想起麻省理工學院和加州理工學院，沒道理不包括在內。這等於再刪掉一兩家常春藤。我煩惱的是這個。

至於這主意本身，我覺得很興奮。這樣的安排，先需要有我般有錢又願意拿出來的人，又要有我的識見去找律師。對這件事我有一種榮譽感，既文明，又有創意。試想一個普通的香港小孩子突然被告知有個陌生人幫他安排了這樣的獎勵計畫，該是多麼傳奇性。

我愛上了這個主意，整個白天都在調校其中細節。

至於錢方面，二十萬美元不多，我已盤好，賣掉那六隻鑲鑽黃金表是必然的。我平常戴的白金皮帶表包括一隻別姬、一隻江詩丹頓、一隻ＩＷＣ、另有細號鋼帶的勞力士和皮帶的鋼卡地亞派莎。黃金表我連看都不想看，不賣掉就沒天理。

不足的錢，賣幾箱紅酒填夠。

命運已決定我要賣掉部分紅酒。有次我閒著無聊，跟著同事去台灣一家醫院做全身檢查，結果有脂肪肝的問題，因我曾患肝炎，醫生嚴厲警告說，要命就不要再喝酒。

不喝酒是辦不到的。我對自己說，以後只喝最好的紅酒。不過，想起還有七百瓶在英國，似乎太多。我到處居移不定，平常現買現喝，這麼多年來，存貨消耗率不高。我決定待我知道下一個工作是在什麼地方，就把三分之一的酒運過去，在當地建個酒窖。另外的三分之二，在英國拍賣掉，變回現金，小部分用來補足那二十萬美元的教育基金，剩下的供我繼續揮霍。

一切構想都接近完成，只剩執行。

九七年底，亞洲金融風暴，香港災情慘重。

我看到雪茄黎，九二年從奈及利亞撤退回香港，專心做股票和買賣樓房，九三、九四年曾在地產上賺了，九五年吐了出來，跟著在股票翻身，現在又歸零了。

我看到阿符，九四年一個宏觀調控，令他內傷，越傷越撐門面，到處吹噓，但沒有一次增資成功，一個蓋子十個鍋，現在大概要轉不過來了。

我看到黑豹，他有點份的集團，九五年成功地在香港借殼上市，股價一度炒起來，現在每股卻只值幾分錢，是高峰期的二十分之一。

或許他們這群人生命力特強，會東山再起，不過不是在九八，不是在九九，大概免不了要過一個黯淡多災的千禧年。

我狀況如常，沒有負債，銀行還有閒著的現金。我比許多富豪的淨產值更高。

可是在九八年，我只得暫留在台灣，等風暴過去。

我可能在同一點上留得太久，生了青苔。

九七年底台灣政府棄守匯價而令台幣狂瀉三成，馬董虧損了一筆錢。為了免結帳，關了兩家門面店。大家都在猜他能否熬得住，他卻好像若無其事，揮霍如常，生活依舊。只是到了四月中，他說去美國參加女兒的大學畢業禮，一去快三個月，還沒有回來，大夥才心裡納悶著在猜疑。不過每個人照拿到薪資，幾家店

還在運作，表面上看不出有問題。

我不是最喜歡這種不乾不淨的懸疑，但也沒有到一個必須當天立即行動的地步，每天還是一樣的過。這樣的生活，我過了快四年，不差再多幾天、幾週。

下午沒事，我會去其中一家旗艦店，主要是店裡訂了多份香港報紙。我去看報紙，是新的習慣。

有天我坐在馬董房間的沙發上看報，接待員帶了一個女人進房，並指著我說，這位是我們張總。

我第一眼就看那女人不順眼，臉似月球表面，打扮太濃還不能好看那種。

她第一句就問：你們馬董呢？

她已經知道公司幕後老闆是馬董。

我反問：小姐，有事嗎？

她說要開戶口。這種送上門開戶口的例子不多，一般都是我們的業務員靠人脈勾回來的。

我覺得可疑，說：我們店長姓范，今天不在，請你明天下午再來。

她竟說：跟你們這些香港老細談不是一樣嗎？

她漏了太多底，不可能是來開戶口，而是另有我猜不到的目的。

她咧笑著，一屁股坐在深深的沙發上，雙腳一蹺，讓我看到她的內褲。我竟有勃起的感覺，同時對她有說不出的厭惡。

我提聲說：請你出去，我們不做你的生意。

她瞟我一眼，說：張總好狠啊。

說罷，她收起笑容，把自己從沙發拔起來，不多看我一眼就走。接待員那個時候才端了茶進來，聽到我們的對話，嚇得不敢作聲。

我問接待員：那女人說要找誰？

接待員答：她說找董事長，我說董事長不在，她說找第二把手，我⋯⋯

我指示她：以後不要隨便帶人進來。

你們大致猜到是什麼回事了吧。幾天後，即香港回歸一週年那天，我跟朋友像平常一樣吃了晚飯，大夥要去紅酒吧，我以不能喝酒為理由，獨自先回家。我已約了一個經常應我召的妹妹，在家門口等我。

我家所在那條巷子，正在修路，我在巷口下車，步行回家，遠遠已看到妹妹躲在大廈閘門外燈柱的後面。我遲到了。

我心想：這妹妹滿乖。

突然有兩個人分別騎腳踏車從左右越過我，在我面前拐停，其中一個戴頭盔的人向我的左腿開了一槍，我整個人往前跪下，另一人也拔了槍，但他差點把槍抛了，延遲了一刻才開槍，也是朝我下盤，可是我正跪倒，子彈從上而下剛好斜斜的射進我胸下某處，穿過身體卻在腰間射出。我中彈後仰倒在地。

兩人隨即踏車而逃。

妹妹過了一陣子才走近我，驚叫了一聲，就奔逃走。

我心裡暗罵一句：婊子。

我躺在街上流血，竟沒人理會。胸脯中槍的滋味，跟小時候午睡醒來心口悶痛差不多，只添了中暑後的發冷。

那妹妹還算有良心，她可能是跑遠了才打電話報警。不久，一輛警車慢駛到巷口，兩警帶著手電筒巡過來，看到真的有人中槍，馬上叫後援。

我心在說，把耳朵靠到我的唇邊，我就可以告訴你，是那個月亮臉的女人，是她點了我的相，不是主謀也必是同謀，是她那夥人殺我的。動機？殺第二把手，以警告第一把手，這是原始沼澤黑人和五千年文明中國黑人物都懂的把戲，知道嗎？你們這些笨警察。

我真的是無辜。馬董炒外匯的世界根本與我不相干。我本來早就要離開台灣，過和你們不相干的生活。我跟台灣黑道是互不存在的，幹麼現在硬把我的命運跟你們的綁在一起？

月亮臉的女人，我不是你的同類，我不想玩你那套遊戲，我們不是活在同一世界裡的，你幹麼偏要鎖定殺我，破壞我的離場策略？

兩位殺手兄弟，你們沒想到這兩槍，把一位天才兒童到美國升學的希望工程破壞了吧。

救護車到的時候，我已經饒恕他們。我在想那個主意和兩件瑣事。

現在，誰知道我要成立教育基金給沈英潔（我一生最喜歡的女人）的兒子沈張？本來是一段文明、又有創意的傳奇，就這樣破滅了。

我若是死了，剩下七百瓶最好的波爾多和拔根地，會因為沒人付倉租，最後慢慢地給拍賣掉。如果幸運地知道是我的遺產，才可能分給我的半個妹妹寶怡，最後一個我不討厭的女人。我希望終有一天兩條線會交叉，暫時，寶怡與倉庫互不知道對方的存在。我努力在想，有什麼線可以令他們交叉上。

至於那六隻我從未戴過的鑲鑽黃金表，當有人打開我的保險箱看到的時候，將是對我一生品味蓋棺論定的誤解。

這兩槍破壞了我一生的安排，就是乾淨來、乾淨去，無牽無掛。我的心變得很煩、很急。

如果此刻死，真不清靜。原來一生就為了最後好死，不然這麼瀟灑幹麼？倒不如跟普通人一樣，到處留情，俗事未了一大堆，沒有一件放得下，最後還惹來男男女女哭哭啼啼。

人家做出家人，沒有財富、情感、享受，沒有心事未了，就為了求清靜。我本來享樂一生，不須出家也做得到。可是為了一個不錯主意和兩件瑣事，我死不清靜。

只要給我回香港兩三天，就可以把事情處理掉，到時候再死，心無牽掛。不過，以前的托圖一定會爭取說最後一句話：太極，你不知道嗎？沒有一件事是可以依計畫完成的。

一九九八年七月一日，香港回歸中國一週年，放假一天，什麼都沒有發生。

在另一世界裡，我為我這樣一個人寫下句號。

國家圖書館出版品預行編目資料

什麼都沒有發生 / 陳冠中作.-- 初版.-- 台北市：麥田, 城邦文
化出版；家庭傳媒城邦分公司發行, 2016.09
面；　公分.-- (麥田文學；296)

ISBN 978-986-344-379-7(平裝)

857.7　　　　　　　　　　　　　　　　105015247

麥田文學 296

什麼都沒有發生

作　　　　者	陳冠中	
校　　　　對	吳淑芳　馬語欣	
責 任 編 輯	林秀梅	
國 際 版 權	吳玲緯　蔡傳宜	
行　　　　銷	艾青荷　蘇莞婷　黃家瑜	
業　　　　務	李再星　陳玫潾　陳美燕　杻幸君	
副 總 編 輯	林秀梅	
編 輯 總 監	劉麗真	
總 經 理	陳逸瑛	
發 行 人	涂玉雲	

出　　　版　麥田出版
　　　　　　城邦文化事業股份有限公司
　　　　　　104台北市中山區民生東路二段141號5樓
　　　　　　電話：（886）2-2500-7696　傳真：（886）2-2500-1966、2500-1967
　　　　　　E-mail：bwps.service@cite.com.tw
發　　　行　英屬蓋曼群島商家庭傳媒股份有限公司城邦分公司
　　　　　　104台北市中山區民生東路二段141號2樓
　　　　　　書虫客服服務專線：(886)2-2500-7718；2500-7719
　　　　　　24小時傳真服務：(886)2-2500-1990；2500-1991
　　　　　　服務時間：週一至週五09:30-12:00；13:30-17:00
　　　　　　郵撥帳號：19863813　戶名：書虫股份有限公司
　　　　　　讀者服務信箱E-mail：service@readingclub.com.tw
　　　　　　歡迎光臨城邦讀書花園　網址：www.cite.com.tw
　　　　　　麥田部落格：http://blog.pixnet.net/ryefield
香港發行所　城邦（香港）出版集團有限公司
　　　　　　香港灣仔駱克道193號東超商業中心1樓
　　　　　　電話：(852)2508-6231　傳真：(852)2578-9337
　　　　　　E-mail：hkcite@biznetvigator.com
馬新發行所　城邦(馬新)出版集團【Cite(M) Sdn. Bhd (458372U)】
　　　　　　41, Jalan Radin Anum, Bandar Baru Sri Petaling,
　　　　　　57000 Kuala Lumpur, Malaysia.
　　　　　　電話：(603)9057-8822　傳真：(603)9057-6622
　　　　　　E-mail:cite@cite.com.my

設　　計　黃子欽
排　　版　宸遠彩藝有限公司
印　　刷　前進彩藝有限公司

初 版 一 刷　2016年9月1日　　　著作權所有‧翻印必究（Printed in Taiwan）
初 版 二 刷　2016年10月17日　　本書如有缺頁、破損、裝訂錯誤，請寄回更換

定價／250元
ISBN：978-986-344-379-7
城邦讀書花園
www.cite.com.tw